Author
しんこせい
Illustrator
ろこ

2

The court wizard was banished

# 宮廷魔導師、追放される

無能だと追い出された最巧の魔導師は、部下を引き連れて冒険者クランを始めるようです

ライライ
エンヴィー
マリアベル
エルル

ウルスムス
アルノード

「ん……」
鳥の鳴き声を目覚ましにして、
意識を覚醒させる。
二の腕のあたりに感じるのは、
温かくて柔らかい人肌の感触だ。
番外編 アルノード活性化大作戦

# 宮廷魔導師、追放される 2

*The court wizard was banished.*

—— 無能だと追い出された最巧の魔導師は、
部下を引き連れて冒険者クランを始めるようです ——

The court wizard was banished.

# CONTENTS



2

# 第一章 ✝ 『辺境サンゴ』のこれから

リンブルの東部、かつて魔物の襲撃を受けていたあたりでは建築ラッシュが進んでいる。

アルスノヴァ侯爵を始めとする貴族によって投入された資本で、ガンガン建築が行われているからだ。

とりあえずは俺たちや俺たちのサポートとして送り込まれてきた職人たちが寝泊まりできる場所を作るためというのが名目になっているが狙いは当然それだけではない。

将来的には東側が発展し人口が増加し始めた時に、それに対応するための用意をしておこうという思惑もあるのだろう。

殺風景で色も塗られていない小屋へ戻り、メンバーに浄化(ピュリファイ)をかけてから話をする。

『通信』の魔道具を使ってドラゴン討伐の様子をリアルタイムで見せたのが効いたのか、俺たちはソルド殿下が主催するパーティーにお呼ばれする形となった。

「全員連れてきてもいいって話だから、遠慮する必要はないぞ」

なるべくなら行ってほしいと思っていたのだが、行きたいと手を上げた人数は案外少なく、合せて三十人にも満たなかった。

「セリアとシュウ、お前らは強制だから」

「いぃやぁでぇすうぅぅ!! 人いっぱいいるのいやあぁぁぁ！」

「僕が行く意味がないと思うのですが」

今後の防衛作戦に必要な人員と、今回披露した魔道具の製作者を連れていかなくちゃ、話が始まらないだろう。

その場になんとしても留まろうと渋り続ける二人を見てるとため息が出てきた。

ダメだこいつら、早くなんとかしないと……。

いざとなれば首根っこを摑んででも、連れていくことにしよう。

「装備を着けたままでも正装でも、好きな方を選んでいいらしいぞ。当然だけど、武器の携帯はダメだぞ」

「えー、それならやっぱり……」

「おめかしする」

一度アルスノヴァ侯爵と会食をしたおかげで免疫ができたのか、以前と比べるとエンヴィーたちの抵抗は少ないように思える。

どうやら彼女たちも、ああいう場にちゃんとしたドレスを着ていく喜びを知ったらしい。

彼女たちは彼女たちで、なかなかに逞しい。

社交場から適当に逃げてきた俺なんか、すぐに追い抜かしていってしまうかもしれない。

「エルル、服選びに行こ！」

「うん、じゃあ隊長、またあとで！」

エンヴィーたちは自分たちの部屋に戻り、着替えてくるようだ。

彼女たちは、一度ドレスを着てからというもの、以前より服を大量に買い込むようになっていた。

そんなに服がたくさんあっても、全部着れないだろうと思うんだが……やはり女の子というのはよくわからない。

ちなみにそんな金に余裕があるのかと言われれば——あるとしか言いようがない。

今の『辺境サンゴ』メンバーの懐事情は、かなり明るいのだ。

今までバルクスで狩ってはいたが外には出せなかった大量の素材をアルスノヴァ侯爵経由で徐々に流しているというのが一番大きい。その売却益だけでもかなりの額になる。

もちろん詳細な討伐記録を残しているわけではないが、それを当時の大体の討伐成果と戦闘能力を参考にしてある程度の割合で分配している形だ。

俺でも驚くような価格になっており、平の隊員であっても、恐らく今後得られる素材の売却益だけで、一生慎ましやかな生活を送れるくらいの金額にはなりそうだった。

そしてそれに加え、俺が各街々に卸している防衛用の魔道具の売却益もその一部を還元する形にしている。

基本的には今後のことを考え、あまり足元を見ない勉強した価格にしているのだが、それでも生産している量が量なので結構な額の儲けが出る。

その魔道具作製のための素材は以前クランが狩ったものを使用しているため、素材代という名目で別途ボーナスを出す形を取っているのだ。

そして『辺境サンゴ』のメンバー全員に改めて『収納袋』を貸し出してもいるため、今の彼女たちは非番の日なんかには素材を採取し放題だ。

軍隊に居た頃と違って上に全部持っていかれるわけじゃないので、クランに申告さえしておけばかなりの部分が自分の懐に入るようになっている。

クランが使うための設備の維持や、武器防具の改良やメンテナンスに必要な額だけ引いたら、あとは取り分にできるくらいの設定にしているからな。

これも結構大きな臨時収入になるらしく、最近『辺境サンゴ』のみんなの間では休みの日に狩りに出掛けるのがブームになりつつあるという。

バルクスで不眠不休で戦い続けていた経験のおかげで、丸一日の休みを作らずともそれほど支障はないらしく、未(いま)だ問題はほとんど出ていない。

その有能さを褒めるべきか、前職のブラックさを嘆くべきかは微妙なところだ。

そして最後の稼ぎ口は、俺たちがやっているリンブル東部での魔物の討伐だ。

これは王党派のトップであるアルスノヴァ侯爵からの指名依頼の形を取っている。

侯爵直々の依頼ということもありその報酬はかなり多く、ぶっちゃけこれだけで贅沢(ぜいたく)な暮らしができるくらいの額が出ている。

これらの依頼料なりボーナスなり臨時収入なりを全部足すと……結構な額になる。一人あたりかなりの額が手に入っている。

実は今、隊員はみな小金持ちなのだ。

ただ今まで金をまともに持ってこなかったので、使い方がわからない奴らの方が多い。

そのため女性は服や美容品に、男は博打や女遊びに金を使っているらしい。

休みに何をしようが、個人の自由なので俺は口出しはしない。

一時間後、改めておめかしをしてきたみんなを引き連れて俺はソルド殿下の逗留している屋敷へ向かう。

ちなみにシュウは引きこもり、セリアはベッドの下に隠れていた。

俺は予想通りの事態に苦笑しながら、二人の首根っこを引っ掴んだ。

パーティー会場へとやってきたのは、自分たちの力を誇示するためだけじゃない。むしろそれはサブの目的の方で、メインは別にある。

それは――『辺境サンゴ』のみんなに選択肢を与えることだ。

パーティー会場に入ると、今日は無礼講だとのソルド殿下の申しつけによりラフな感じの食事会が始まった。

俺らが無礼を働かないようにという配慮はありがたい。

「エンヴィー殿、もしよければこちらで話を――」

「失礼でなければお名前を……ああ、貴殿があのマリアベル殿ですか！」

「エルル様、もしよければこのあとお茶でも……」

とりあえず団子になって、端っこの方でお茶を濁そうとしていたのだが……やってくる、美男美女による誘惑の数々。

どうやら俺はソルド殿下の紐付き(ひもつき)に見えているようなので、声をかけられる数は比較的少なかった。

まぁ今後ともごひいきにというような控えめなものばかりだ。

どちらかというと本気で話しかけられているのは、『辺境サンゴ』の中でも今回目立った活躍をしたメンバーたちの方だ。

エンヴィー、マリアベル、エルルにライライ、シュウとセリア。

やっぱり明らかに声かけの数が多いのは、彼女たちだった。

何せ彼女たちは『辺境サンゴ』に所属しているだけの冒険者である。

まだどこにも引き立てられてはいないし、同じ王党派の中で融通するのなら、クランメンバーの一人や二人ならばソルド殿下もアルスノヴァ侯爵もとやかく言うことはない。

冒険者は基本的には明日どうなるかもわからない不安定な職業であり、騎士に取り立てられるのならば抜けたいものもいるだろう。

ドラゴンを相手取れるだけの力を持った存在が我が領に来てくれるのなら、これほど嬉しいことはない。

おおよその貴族たちの考えはそんなところだと思う。

俺はクランリーダーだが、彼女たちの行動を縛るつもりはない。

どのような結果になっても受け入れるつもりだ。

……何年も一緒にやってきた奴らだから、居なくなられるとちょっと……いや結構寂しいけどさ。

あいつらが幸せになる道を選ぶのが、一番いいに決まってる。

周囲から声かけもなく、ちびちびとワインを飲んでいると、ソルド殿下が近付いてきた。

「楽しんでくれているかな、ドラゴン狩りの英雄殿」

「そんな大層なもんじゃありませんよ」

「ふむ……何かあったか？　至らぬところがあったのなら謝るが」

内心が表に出てしまっていたのか、ソルド殿下に何かを感づかれてしまったようだ。

何かを隠したり嘘をついたりするのが苦手な俺には、やっぱり貴族社会は向いてない。

「いえ、何もないですよ。少し今後のことを考えていまして」

「なるほど、今後のことか……一つ聞いてもいいだろうか」

「一つとは言わずに、どうぞ」

なんでも答えますよ、俺に答えられることなら。

実務的な話だろうか、それとも武力的な話だろうか、はたまた政治的な話だろうか。

何が来ようと答えられるように身構えていると——やってきたのは、予想外のところから飛んできたフックだった。

「嫁にもらうなら、オウカとサクラどちらがいい？」

「ぶーーーーっ!!」

口に含んだワインを、思いきり噴き出してしまう。

「ど、どうしていきなりそんな話になるんですか!?」

頭の中を真面目モードに切り替えていたからこそ、不意をつかれた。

いや、結婚が真面目じゃないというわけでもないんだけどさ。

まさかいきなりそんな話されるとは思わないじゃないか、常識的に考えて。

「いきなりなものか、普通貴族同士が仲良くなるためには婚姻が一番手っ取り早い。アルノードだってデザントに居た頃に何度かそういう話はあっただろ？」

「それは、まぁ……」

腐っても『七師』だったので、縁談の話自体は何個かあった。

俺にそういう話が舞い込むようになったのは『七師』になってから——つまりはバルクスに赴任してからのことがほとんどだった。

けどそういうところで話に出てくる貴族令嬢っていうのは、誰もかれもお嬢様すぎてな……。

片田舎のバルクスで魔物退治をする俺に寄り添うことに難色を示す子たちがほとんどだった。

結婚自体をするのは構わないから、王都に来てくれないか。

縁談が進みかけていた女性たちほとんど全員が、こんな具合だった。

向こうの立場で考えれば、強くて辺境に居る田舎っぺ大将に嫁ぐのは嫌ってことだったんだろうな。

「俺に結婚は無理ですよ、他人の人生に責任とか持てませんし」

「持つ必要もないだろ。数年に一度しか子と会わない親なんか、貴族社会にはザラだぞ」

たしかにそうなのかもしれないが、俺はそんな無責任なことはしたくない。

ほら、俺自身が孤児だからさ……子供を作ったら、ちゃんとめちゃくちゃにかわいがってやりたいんだよ。

普通に幸せな家庭を築きたいだけだから、政治上の結婚っていうのはどうもな……。

ん、というかさ……。

「サクラはまだわかりますが、オウカ……様がどうして話に上がるんですか？」

オウカは侯爵家嫡子の歴(れっき)とした貴族なので、人前ではあくまでも目上として扱わなければいけない。

ギリギリ言うのが間に合った俺に対し、ソルド殿下はなんでもないような顔をする。

「まぁ嫡子とは言えど、いずれ誰かと結婚はしなくちゃいけないだろ。アルノードが婿養子になればいい」

「そんなことになったら、侯爵家で立場を持っちゃうじゃないですか。責任が重くなるのはちょっと――」

「いや、オウカが余所に嫁に行っちゃいけないってわけじゃない。別に嫁にもらっても問題はないぞ？　優秀な子がいないなら話は変わるが、弟御のティンバーも頭脳明晰と聞く。アルノードがしたいというのなら、継承権の手続きをちょちょいとすれば問題もない」

嫡子を嫁に出してまで結婚って……ソルド殿下はそこまでして、俺たちにここに根を下ろしてほしいんだな。

まぁ心情的なことを考えれば理解できないではないが……俺はこういうのは個人の気持ちの問題だと思っているからなぁ。

アルスノヴァ侯爵にちゃんと味方するってことを何かしらの形で示さない限り、ずっと言われそうだな……。

だから貴族社会っていうのは面倒なんだ。

いっそのこと今からでもガードナーに引っ込んで、スローライフでも始めようかな。

「まあ今すぐにという話でもない、結婚については頭の隅にでも置いておいてくれ」

バシバシと背中を叩き、ソルド殿下が去っていく。

豪快というかなんというか……今まであまり関わってこなかったタイプの人間だ。

ああいうのを、陽キャと言うんだろうか。

――殺気っ!?

背後から感じた強い気配に、思わずその場から飛び退く。

幸い周囲の目は余所へ向いていたので、悲鳴が上がるようなことはなかった。

飛びながらくるりと背面の方を向き、殺気の正体を確認する。

そこに居たのは……顔から一切の表情が抜け落ちた、ドレス姿のエルルだった。

「隊長……?」

エルルの様子がどこかおかしい。

この会場にやってくるまでは、軽いステップなんか踏んでずいぶんと楽しそうだったというのに。

今の彼女はあらゆる感情が抜け落ちてしまった人形のようになっている。

「ど、どうしたんだエルル。そんなに嫌なことでも――」

「隊長は、結婚するんですか?」

「……殿下との話を聞いてたのか」

エルルとはそこそこ距離が離れていたように思ったが……気力による部分強化で、聴覚を強化したのだろう。

魔法による身体の強化は、用途によって効果が変わる。

そのため防御力を上げる防御強化、速度を上げる速度強化、満遍なく攻撃力と防御力を強化する身体強化のように、用途ごとに別の魔法を使うことが多い。

対し気力の使い方は一つ。

体内にある気力――つまりは陽の身体エネルギーを引き出し、それを練り上げる。

基本気力は体内を循環させた方がロスが減るため、身体中を巡らせるのが最も効率がいいやり方である。

気力は血流と共に流れようとする性質があるため、循環を止めることは難しい。

だが練達の気力使いになってくると、気力を一部に留めることで魔法のように用途別に身体を強化することができるようになる。

気力を耳に集めれば、聴覚強化の魔法のように聴力だけを強めることもできるのだ。

エルルもとうとう部分強化ができるようになったか、なんだか感慨深いな。

……って、そんなことを考えている場合じゃないな。

そろそろ現実逃避は止めにして、目の前のエルルと向き合わなければ。

「今はするつもりはないかな」

「今はってことは、いつかするんですか!?」

「なんだ、いやに突っかかってくるな」

そりゃあ俺もそろそろいい年だし。

孤児だから正確な年齢はわからないが、俺個人は二十代半ばくらいだと思ってる。

デザントだと既に結婚適齢期を過ぎているくらいの年ではあるからな。

「ただ、貴族と結婚することはないだろうな。俺はもうこりごりだよ、ああいうの」

「――そういえば隊長は爵位も断ってましたもんね、ホッ……」

たまに茶会に行くだけでも相当にしんどかったし。

すごく長ったらしい建前で本音を隠したり、何かあったらすぐに作り笑いしなくちゃいけなくなったり……魔物相手に戦っている方がよっぽど楽だ、いや冗談抜きに。

「でも隊長は結婚願望あるんですね、意外です」

「俺自身幸せな家庭への憧れ、みたいなもんがあるからな」

俺が素敵な父親になれるとは思っていないけど、家庭ってものに関する漠然とした憧れみたいなのがあるんだよな。

実際経験してみたら、全然なのかもしれないけど……やっぱり興味はあるよ。

「そういえば聞いたことなかった気がしますけど、隊長はどういう女の子がタイプなんですか？」

「え、俺？」

気付けばいつものような感じに戻っていたエルルに言われて、ふと思う。

好きな女の子のタイプか……今まで、考えたこともなかったな。

魔法一筋だったせいで浮いた話の一つもなかったし、割り切れなくなりそうだから娼館へ行ったこともない。

そういえば俺、今まで彼女の一人も作ったことないんだよな……。

小さい頃にふと『彼女って俺のこと好きなんじゃね？』と勘違いして告白して、玉砕した経験はある。

ちょっとそれが、トラウマになって、あれ以降女の子と仲良くなろうとするの止めたんだよな。

あの時は、レリアに慰めてもらったっけ……。

昔の記憶を懐かしみながら、自分の好みを深掘りしていく。

俺はどういう女の子と話してる時にドキドキしてたっけか……。

「かわいくて、家庭的な子かな。あと何かを頑張ってる人は素敵だと思う」

「あっ、隊長、そういえば私クッキー焼いてきたんです！　食べてみてください！」

なぜか顔を真っ赤にしていたエルルからクッキーの入った袋を受け取る。

中から一つつまんでみて、ぽりぽりとかじる。

あんまり砂糖を使っていない、優しい甘さがいいな。

果物の砂糖漬けみたいな暴力的な甘さは苦手だから、これくらいが一番好きなんだよな。

うん、美味い。

やっぱりエルルって料理上手だよな。

彼女と結婚する旦那さんは幸せ者だと思う。

「わ、私、これからも隊長のお側で、頑張りますからーーっ！」

料理上手なことを褒めてやると、エルルはふるふると震えてそのまま走って遠くへ行ってしまった。

……機嫌が直ってよかった。

エルルって一度キレると、本当に怖いからさ……。

パーティー会場を見渡すと、ちらほらとみんなを囲むような輪ができている。

ちゃんとやれているか不安だったので、俺はとりあえず見て回っていくことにした。

まず歩いていくと目に入ってきたのは、ゾンビのような呻き声を上げる男たちが倒れている一角だった。

その中心には、陽気な声で笑っているメンバーの姿がある。

「あ、隊長～！　ここのワインはちょっと酸っぱいネ、私ワインは甘い方が好きヨ！」

「ライライ、あんまり飲みすぎるなよ」

「まだまだ全然平気ヨ～」

エルルたちには周囲に声をかけようとする人たちの列ができている中、ライライの周囲にだけは人がいない。

いや、正確にはいたのだが……みんなベロベロになって倒れてしまったのである。

ライライも周囲の人間から結構声をかけられていたメンバーの一人だ。

何せ実質彼女一人で、シルバリィドラゴンをボコボコにしていた。

強力な武官が欲しい貴族からは引く手数多だろう。

けれど彼女に声をかける人間は、すぐに居なくなった。

「飲み比べに勝ったら話を聞く」というライライの言葉に奮起した者たちが彼女へ挑み、そのことごとくが玉砕して酔い潰れたからである。

ライライはかなりのザルで、ワインの一樽や二樽なら平気で空けてしまう。

彼女は酔ってから潰れるまでが長いのだ。

眠気が襲ってくるまでは、いくらでも酒を飲み続けることができる。

「隊長も飲み比べするネ！」

「俺はワインは軽く舐めるくらいで十分なんだ。苦いワインより、普通にブドウジュースの方が美味しいし」

「隊長は子供だネ〜ヨシヨシ」

上機嫌なライライに頭を撫でられる。

こいつ、相当酔っ払ってるな。

ぶっ倒れる寸前に飲み比べを受けたりすることがないように、一応注意しておかなくちゃ。

俺にはこいつの酔っ払い度合が、気力の上がり具合でわかるからな。

ライライには酒量に比例して気力が上がる特異体質があるわけだが、上がった気力がある一定の値を超えると、彼女は寝てしまう。

　これ以上気力を上げれば身体が保たないという、身体側からのサインなんだろうな、多分。

「是非我がモルスク領に一度遊びに——」

「あ、あの……」

「もしよければこのあとダンスを——」

「あのあの、えっと……あうあう」

　また少し歩くと、今度は我らがちびっこ死霊術士が端っこの方に追い詰められていた。

　あうあうとまともな返答もできずに、口をパクパクさせている。

　やっぱり引きこもりがちなセリアに、いきなりパーティーはハードルが高かったか……。

　まともに受け答えができてはいないが、周囲の人間はそんなことは気にせず押せ押せドンドンとセリアに話しかけ続けていた。

　彼女も、『辺境サンゴ』の中では特に注目度の高いメンバーの一人だ。

　彼女がアンデッドを動かしていることは、ある程度魔法に心得のある者なら見ればわかる。

　スケルトンたちを作ったのは俺だが、それを動かしてたのはセリアだからな。

　セリアを引き入れればそれだけで軍団規模の力が手に入るとあって、貴族や騎士たちの目も割と血眼になっている。

　今まで防衛で必死になっていたのが効いているのか、死霊術士に対する隔意のようなものはなさそうだ。

偏見なんかがないのは助かるが……ちょっと強引すぎるな。

端っこに追いやられて、逃げるに逃げられなくなってるじゃないか。

「ちょっとすみませんね」

「た、隊長ぉ」

俺が割って入ると、強引な勧誘はすぐに止み、散り散りに去っていった。

どうやらソルド殿下と仲睦まじげに話していた俺の気分を害するのは、得策ではないと判断したらしい。

いや、それなら俺の部下のセリアとの接し方も気をつけろよ……と思うが、強引に勧誘しようとするような奴らは、そういうところまで考えが至らないってことだろう。

「いやぁ、助かりましたよぉ。人にいっぱい話しかけられて死んじゃうかと思いましたぁ」

「人間そんな簡単には死なないぞ」

「いっそのこと死んでアンデッドになろうかなぁ。そしたらご飯も要らないから、引きこもってても何にも言われないし……」

「筋金入りだな……」

「怖かったですぅ！」

「どうどう、よしよし」

さっきライライにされたよりもずっと優しくセリアの頭を撫でてやる。

俺と離れたらまたさっきの勧誘地獄が始まると思っているのか、セリアは俺から離れようとしなかった。

仕方がないので彼女を引き連れて、まだまだいる問題児たちのところへ向かうことにした。

俺、お前らの保護者じゃないんだけどな……。

「お、ここは普通だな」

「はふはふ……人が多くて窒息する」

ぐでっとしているセリアを支えながら歩いていくと、そこにはにこやかに話をしているエンヴィーの姿があった。

彼女と一緒にいることが多いマリアベルも、無愛想ながら最低限の会話をしている。

エンヴィーなんかは戦おうとか言い出すんじゃないかと少し不安だったが、問題なさそうで何よりだ。

「あ、隊長！」

「おう、今日は水色のドレスだな。似合ってるぞ」

「えへへ、もっと褒めて～」

エンヴィーは俺を見つけると、参加者たちを掻き分けてこちらにやってきた。

どうやら彼女も、仕官先探しをしているわけではないようだ。

彼女なんか、どこの貴族も欲しがるような人材だと思うけどな。

「エンヴィーはどこか気に入ったところはあったか？」

「ん？……別にどこもないですかね、休みの日に稽古をつけてほしいと言われたので、それはオッケー出しましたけど」

「へぇ、お前がそんなことするのって珍しくないか？」

「だってこの国の人たちが強くなれば、その分私たちの自由な時間が増えるじゃないですか。そしたら隊長たちと一緒にどこかでゆっくりしたいんです」

「……なるほどな」

マリアベルの方に聞いてみても、エンヴィーと似たようなものだった。

今後のことを考えて訓練や模擬戦に付き合うことはあっても、そこから仕官だとかいった話にはならないらしい。

どうやら二人とも『辺境サンゴ』を離れるつもりはないようだ。

二人とも話は終わったとばかりに俺たちについてくるというので、今度は四人でシュウのところへ。

いつの間にか途中で合流していたエルルを引き連れ歩いていくと、シュウの周りには貴族の令嬢らしき人たちが集まっている。

お、あいつにしては珍しくちゃんと人付き合いをしてるじゃないか。

嬉しくなりながら聞き耳を立ててみると、やっぱりシュウはシュウだった。

シュウは令嬢が魔道具についての質問をすると、問いの何十倍もの膨大な知識を開陳して一人でハァハァ言っている。

別に機密扱いはしてないが……素材とか触媒とか理論とか、結構ガンガン話してるな。

箝口令（かんこうれい）を敷いている『通信』の魔道具についてだけは言っていないから、あとのことはよしとしよう。

今ではないが、いずれ俺も話してはいただろうし、それが少し早くなっただけだ。

しかし今のシュウは……完全にヤバい奴だよな。

若干マッドな気配のあるシュウに、令嬢たちはみんな引いていた。

でもシュウはそんなことは気にせず、自分の頭の中にある理論を言葉に直すことで整理し続けていた。

どうやら令嬢たちは、シュウから情報を聞き出そうとしていたのではなく、本当に彼とお近付きになりたかっただけのようだ。

まぁたしかにシュウは線も細いから、リンブルの人たちからすると魅力的に映るだろうからな……。

だがシュウのマシンガントークに面くらい、笑顔を引きつらせながら去ってしまっていた。

周囲に誰も居なくなっても、シュウは一人でブツブツ言っている。

もう頭の整理がメインになっているので、周囲の人のことなどどうでもよくなっているのだろう。

「シュウっぽいよね」

「鈍感系鋭敏研究者」

「それなら隊長もじゃない？」

「ああすれば一人になれるのかぁ……」

四者四様の反応を示しながらも、苦笑するだけで引いたりはしない。

シュウが変な奴だって、みんな知ってるからな。

というか『辺境サンゴ』にいる奴らは、ほぼ全員変だし。

さっきのエルルもそうだし、ライライは酒飲んでばっかりだから多分余所だとすぐにクビになるだろうし、セリアも真面目に勤めるのは無理。

シュウもコミュニケーションが壊滅的だし、エンヴィーはすぐに揉め事を起こすだろうし、マリアベルは手を抜きまくって苦い顔をされるだろう。

新たにシュウも引き連れて他のメンバーのところを回るが、どこもかしこもおおむね似たような状態だった。

まともに話をしているように見えて実は甘い物を食べることしか頭にない奴がいたり。

頭に黒い箱を被って参加しているせいで、オブジェか何かと勘違いされている奴がいたり。ドレス姿のまま模擬戦をして、ドレスを破いている奴がいたりと。

パーティーに出た結果は、『辺境サンゴ』のみんなが社会不適合者集団だということを再確認しただけだった。

とりあえずもうしばらくは、この面子(メンツ)でやっていこう、うん。

……変わらないとわかって、少し安心している俺がいる。

やっぱり俺も、彼女たちと一緒に過ごすことに居心地の良さを感じてるんだろうな。

みなで周囲の目を気にせずわいわいやっていると、管弦楽団が曲を弾き始める。

どうやらダンスの時間が始まったようだ。

さて、俺はダンスを誰と踊ればいいか。

一応最初に踊る相手は決めてるんだけど……手すきだろうか。

少しズルいが、魔力探知を使い場所を探し当てる。

彼女は数人に勧誘されているようだったが、誰の手も取ってはいなかった。

俺はスッと近付いていき、彼女がこちらに気付いてからパチリとウィンクをした。

「――よければ一曲、どうかな？」

「はい……喜んで」

俺が選んだのは――。

「アルノード殿は、想像していたよりずっと上手(うま)いのですね」

「いえいえ、ステップをいくつか覚えて、無理くりつないでいるだけです」

俺が最初の相手に選んだのは、オウカである。

このパーティーにサクラは参加していない。

彼女は俺たちの戦いを一番間近で見て、聞いて、教わってきた、言わばリンブルの中でもっとも俺たちと似た考え方のできる人間だ。

なのでサクラには、街の防衛を行っているリンブル兵を取り纏める隊長として働いてもらっている。

「でも私でよかったのですか？」

「ああ、ここで最初に踊る相手はオウカしかいない」

俺がオウカを選んだのは、簡単に言えば政治的な理由だ。

しっかりと王党派にいますよというのを示すためのアピールである。

じゃなくちゃそもそも、下手くそなダンスを踊ったりなんかしない。

貴族の嗜みなんてものには、触れてこなかったからな。

ワンツー、クイッククイック。

以前に習ってあやふやになっている知識を頼りに、オウカの足を踏まないように動いていく。

身体が覚えているからか、不思議と動きが止まったりすることはなかった。

オウカがどうすればいいのかを、さりげなく示してくれているのも大きい。

「ぐぬぬ……」

「見てくださいアルノード殿、あっちでお父様がぐぬぬってしています」

「ハンカチをすごい勢いで噛んでるな……なんだか申し訳ない気分になってきた」

ムーディーな音楽が流れる中、手と手を触れ合わせながら踊る時間が続く。

周囲ではお似合いだの、将来を約束した仲だのというなんの根拠もない話が尾ひれをつけて拡がっている。

一緒に踊っただけでこんなに言われる。

だから貴族社会は嫌なんだ。

「すまないな、迷惑をかけて」

「いえいえ、それを言うなら私の方です」

どうしてだろうか。

俺とのあることないことを吹聴されるんだから、向こうの方が嫌だろうに。

俺は男だし冒険者だからどうとでもなるが、オウカは結婚一つが重要な意味を持つ貴族社会の生まれなわけだし。

「ずっと謝れていなかったから、この場で謝罪しようと思います。アルノード殿、ごめんなさい。あなたは気ままな冒険者暮らしをしていたかったはずなのに、うちの事情に巻き込んでしまった」

「それは……いや、自分から首を突っ込んだだけですし」

「それでも、ですよ」

どうやらオウカは、俺たちが結構忙しく動き回っている現状に申し訳なさを覚えているみたいだ。

そんなこと気にしなくていいのにな、バルクスの頃より正直全然マシなのに。

そういえばここ最近は、サクラもかなり根を詰めているよな。

さっさと色々と終えたら、何か気分転換でもさせるべきかもしれない。

この国の上にいる人間は、少し真面目が過ぎる。

もっと平民と同じように、ゆるっとした毎日を過ごしてもいいのに。

……いや、今の情勢がそうさせないんだよな。

このパーティーが終わったらもうひと頑張りするとしよう。

リンブルの気力の使い手たちに道具を回しきることができれば、俺らもこの国も楽になるし。

「またすぐ、気ままな暮らしに戻してみせるよ。そしたらゆっくりしよう、お互いに」

「――はいっ！」


アルノードとオウカが踊っている様子を、少し離れたところから見つめている集団がある。

『辺境サンゴ』の代表メンバーたちは、ドラゴン相手に勇壮な姿を見せていたとは思えないほどに気落ちしていた。

「アルノード隊長……」

エルルはぼうっとした様子で、にこやかに踊っているアルノードの背中を見つめている。

本当ならいの一番に誘いたかったのだが、焼いたクッキーを食べてもらったせいか、アルノードの顔を真っ直ぐ見つめることすらできず、うまく誘うことができなかったのだ。

「オウカ様と……」

「む……」

「ま、まぁそうなりますよねぇ……私、ちっちゃいですしぃ」

エンヴィーとマリアベルは、横から飛んでくる男たちの誘いを全て無下にしながら、アルノードがターンをして周囲から拍手が起こる様子に眉間の皺を深くした。

自分たちと侯爵の仲がいいことを示すために必要なこと……と、頭では理解していても納得はできていない様子だ。

二人とも本当なら私が……という、恨めしげな顔をしている。

一部の小父様方からは絶大な支持があったセリアは、そもそも誰かと目を合わせて話せないのでその全てから逃げ出し、エンヴィーたちの陰からそっとアルノードのことを見つめている。

できることなら逃げる予定だったので、彼女が着ているのはいつものローブ。

セリアは真っ黒な衣服に包まれた自分の身体を確認し、そのあまりの平坦さに絶望してから顔を上げる。

そしてオウカの胸部と自分のそれを比べ、胸を大きくする禁呪はないものかと今度アンデッドに相談しようという決意を固めていた。

「アハハ、隊長は相変わらず大人気ネ」

「ライライ、僕は酒は飲まないから——っておい、無理矢理口を開けるな!……がぼぼっ!」

ライライは一緒に酒を飲める人がいないので近場に居たシュウをターゲットにした。

酒は判断を鈍らせるだけの毒物と言い放つシュウの口を強引に開き、ワインを流し込む。

そんな集団に迫る影が一つ——。

「やぁ、楽しんでもらえているかな」

「——どうも」

「ソルド殿下っ!? はい、楽しませてもらっています」

やってきたのは、第一王子のソルドだった。

彼はぐぬぬと完全に思考を停止させてしまったアルスノヴァ侯爵と別れ、単身で『辺境サンゴ』の下へとやってきたのだ。

ソルドは緊張した面持ちのエルルに気にしないように告げてから、メンバーの視線を釘付けにしていたアルノードたちの方を見る。

彼は少しだけ考える素振りを見せてから、すぐにエルルたちの方へと向き直る。

その顔は、時折見せるいたずらっ子のような表情を浮かべている。

「我が国にはアルノードの力が必要だ。そのためには彼を結婚でリンブルにつなぎ止めてしまうのが一番確実な手段だと考えている」

「……はい」

「理解してます」

不満げな顔を隠そうともしない彼女たちを見て、ソルドは笑う。

そしてアルノードは大変だな、と内心で思いながら、

「そのためにはアルスノヴァ侯爵の娘御と結婚させるのが手っ取り早いと考えていた。だがな、少し考え方を改めることにした。何もリンブルの貴族と結婚させなくてもよいのではないか……とな」

「それはいったい……」

「どういうことですかぁ？」

「なに、簡単な話だ。君たち『辺境サンゴ』のメンバーと結婚して、この地に根を下ろしてくれても、うちとしては一向に構わないということだ」

「「「――っ!?」」」

一同は驚愕し、ソルドの顔をジッと見つめている。

彼はしてやったりという様子で笑う。

そしてエンヴィーたちの表情を見て、みなのアルノードへの気持ちが、ただのリーダーへ向けるそれをはるかに超えていると確信した。

「貴族位なんぞなくとも、オリハルコン級冒険者というだけでリンブルにとっての重要度はそこらの法衣子爵なんぞよりはるかに高い。リンブルに定住してくれるというのなら、俺の方も色々と援助をするぞ」

「「「……」」」

エルルやマリアベルたちの目の色が変わるのを見て、ソルドは頷く。

無理を強いて『辺境サンゴ』のメンバーからの不興を買うくらいなら、この形で落ち着けた方が無難だろう。

サクラと結婚させるのが一番なのだろうが……無理矢理結婚をさせたせいで彼女たちが離れてしまっては意味がない。

（どうやら『辺境サンゴ』のメンバーは、かなりの部分をアルノードに依存しているようだからな。強引な手は使わない方がいい）

ソルドはそれだけ言うと、ひらひらと手を振ってその場を去っていった。

あとには目をキラキラと輝かせた、エンヴィーたちが残っている。

「……次は私がっ！」

「いや、私が」

「いえいえここはセリアが」

そして彼女たちはアルノードが一曲踊り終えるやいなや、果敢に飛び出していくのだった――。

「んんっ……少し眠いな」

ふわあと大きなあくびをしながら、ベッドから起き上がる。

今寝泊まりしているのは、ドナシアにある屋敷ではなく使われている木材の匂いの残る新築の小屋の一室だ。

俺一人だけ良いところに寝泊まりするというのは、居心地が悪いからな。

昨日はずいぶんと疲れた。

なぜか急に踊りたがってきたメンバーたちに付き合っていたせいで、ダンスタイムが終わる時までずっと踊らされたんだよ……。

みんなが楽しそうだからよかったが、それを一人で引き受けることになったせいで俺はクタクタだ。

身体的な疲れというより、気恥ずかしさとか密着具合とかによる精神的な疲れだな。

女の子の上目遣いは、どうしてあんなに魅力的に見えるんだろうか……。

開幕からずっと踊り続けていたせいで、ダンスが上達してきた気すらしてくる。

バキバキと首を鳴らしてから立ち上がり、頬を叩いた。

今日からしばらくは魔道具造りに精を出すつもりだ。

少しでも早くって、オウカに約束しちゃったからな。

家を出て少し歩くと、掘っ建て小屋の中で周囲より少し造りのいいのが一軒見えてくる。

あれが魔道具作製を行っている小屋だ。

ある程度の機密が含まれてるため、中でもしっかりとしたものをあてがっているのだ。

「隊長、おはざーっす」

「おう、早くから精が出るな」

「精出さないと終わらないんで……」

グロッキーな顔をしながら俺を出迎えてくれたのは、かつて大隊の魔道具部門に所属していたメンバーたちだった。

少し堅苦しいので、今では魔道具班という形に呼び名を変えている。

ちなみにこの場にシュウはいない。

あいつが開発した『通信』の魔道具がソルド殿下に見込まれ、王家が支援を約束してくれたからだ。

なのでシュウは単身改良のための研究を行っており、シュウの部下が魔道具作製にあくせくしている。

俺がやってきたのはその手伝いというわけだ。

良い機会だし、俺もできることはするべきだろう。

「今やってる作業は……『魔法筒』の作製か」

「これが一番数が必要なので」

『魔法筒』とは、攻撃のための魔道具としてはもっともメジャーなものの一つだ。

仕組みもシンプルなので、作製の手間もそれほどかからない。

筒形の金属か魔物素材に付与魔法を施し、内側から攻撃魔法が飛び出すようにするだけでいいからな。

魔道具にはいくつかの種類がある。

周囲の魔力を吸い込んで貯蓄し、使えるようになる魔力貯蔵型。

使用者の魔力を使って発動する魔力使用型。

魔石を使うことで、そこに込められた魔力を使用できる魔石使用型。

現在俺たちが作っているのは、このうちの三つ目である魔石を消費して使用するタイプの『魔法筒』だ。

これには魔力を扱えない一般的な兵士でも使えるというデカいメリットがある。

その分結構な魔力を食うので、頻繁に魔石を交換する必要があったり。

魔石から強引に魔力変換を行うために、壊れやすく定期的に修理が必要だったりというデメリットもあるんだけど……そこらへんは一長一短だ。

これをとりあえずリンブルの防衛を担当する兵士たちに回すのが、『辺境サンゴ』の魔道具班の当面の目標だ。

本当ならこんな燃費の悪い魔道具をわざわざ使うことはないんだが……幸か不幸か、今のリンブルには使わずに余っている大量の魔石がある。

トイトブルクの魔物たちが元気な限りは、今後も安定して供給されるだろうし。

収まったなら要らなくなるだけだし、今作らない理由がない。

魔石が足りなくなったら、俺たちの間でだぶついているのを売ったっていいと考えれば、バカスカ使っても足りるくらいの量はあるからな。

魔石を贅沢に使えるから、こんな燃費の悪い魔道具も有用に使えるというわけだ。

魔道具造りには一家言ある俺からすると少し微妙な気分だが、必要とあらば作らないわけにはいかないのだ。

ちなみに他の二つのタイプを選ばなかったのは、リンブルの事情を考えてのことだ。

魔力貯蔵型の魔道具は、使用者の魔力や魔石を消費することなく使えるというメリットがあるが、そもそもチャージまでにかなりの時間がかかってしまう。

こいつが必要になってくるのは、補給がない状態で粘らなければいけない、長期の籠城戦のような場合だけだ。

一応現状が好転しちゃんと防衛ができるようになったら、徐々にこのタイプに置き換えていくつもりだったりする。

魔石使用型だと消費する魔石の量がエグいから、今後何年も使い続ければ防衛費がかさみすぎる。

デザントでも少し前に問題になったから、リンブルでも間違いなくそうなるはずだ。

魔力貯蔵型が、長期的に見ると一番コスパがいいんだよな。

そしてもう一つの魔力使用型を使わないのは、リンブルはシンプルに魔法使いの数が少ないからだ。

魔力使用型は魔力の消費量は少ないが、その属性に適性のある魔法使いしか使うことができない。

名前は同じだが、こっちの『魔法筒』はどちらかと言えば魔法発動の補助や負荷の軽減をするための発動媒体のような感じといった方がわかりやすいかもしれないな。

さて、みんながひぃこら言いながら作っていることだし、俺も作製に混ざるとしよう。

最近は戦ってばかりだから自分でも忘れそうになるが……どちらかといえば俺はこういう魔道具造りの方が得意なんだよ。

魔道具造りに必要な三種の神器。

魔道具にするための道具、道具に魔法を乗せるための魔力触媒、そして付与魔法を使う魔導師。

今この作業場には、既に必要なその三つが揃(そろ)っている。

『魔法筒』を作るための金属製の筒は、近辺の鍛冶屋の生産力をフルで使って作ってもらっている。

魔力触媒は、効率重視で作りまくったので大量にある。

そして俺やシュウを見て学んできた隊員たちがいる。

つまりあとは、ひたすら作業をこなしていくだけということだ。

とりあえず後ろの方にうずたかく積まれている筒を十個ほど拝借し、魔力触媒は自前で用意する。

間隔を並べて置いた筒に触媒を振りかけ、準備を調えてから付与魔法を使った。

威力はなるべく揃えておいた方がいいので、俺が使うよりも少し弱いくらいの威力の魔法を込めていく。

付与魔法を使うのに、対象に触れる必要はない。

精緻な魔力回路に魔法を入れたりするなら話は別だが、これくらいの量産品なら遠隔処理だけでいける。

属性は火か風という指定がされているので、火を五本と風を五本作製した。

これでまずは十本。

「頼む」

「は、はいっ！」

今この作業場には、隊員以外にアルスノヴァ侯爵が雇ってくれたお手伝いが何人か常駐している。

その中で一番若い少年の手が空いているようだったので、筒を持ってきてくれるようお願いする。

名前はカールというらしい。

十本、二十本、三十本……みるみるうちに、『ファイアアロー』の籠もった『魔法筒』が出来上がっていく。

「は、はえぇ……相変わらず人間業じゃねぇよ、隊長マジ半端ないって」

「俺たちは魔力切れかけてポーションがぶ飲みしながら頑張ってるってのに……なんで付与魔法と属性魔法を使うのに魔力が切れないんだよ」

こういう単純作業は、嫌いじゃない。

無心で打ち込めるから、何も考えなくていいしな。

複雑な魔道具を作るより楽でいい。

作ってるうちになんだか調子が出てきたぞ。

「次からは五十本ずつ並べてくれ」

「ええっ!? は、はい、わかりました!」

「『超過駆動（オーヴァーチュア）』エンチャント・ファイアアロー」

超過駆動（オーヴァーチュア）を使い、付与魔法を一気に複数の筒へかけていく。

一度に二個ずつ、三個ずつ、四個ずつ……最終的には一回の発動で二十個ずついけるようになった。

お手伝いのカール君は、全力ダッシュで魔法筒を持ってきてくれるが、残念ながら間に合っていない。

準備が終わるまで魔力ポーションを飲んで休憩してから、ある程度の数が揃ったところで触媒をかけ、付与魔法を使っていく。

カール君はダダダダッと全力疾走を続けている。

できた『魔法筒』を完成品と書かれたスペースに置き、鋳型で作った魔力回路のついた筒をひたすらに持ってきてくれる。

俺に触発されてか、メンバーのみんなが魔法の多重がけを始める。

インターバルこそ挟むが同時に付与魔法を三つ発動させているため、今までの二倍以上の速さで『魔法筒』ができあがっていく。

じゃんじゃん量をこなせるようになってくると、不思議なもので競争心のようなものが湧いてくる。

魔道具班の五人対俺で、どちらがたくさんの『魔法筒』を作れるかという勝負が、どちらからともなく始まった。

「『超過駆動(オーヴァーチュア)』エンチャント・ウィンドアロー！　『超過駆動(オーヴァーチュア)』エンチャント・ウィンドアロー！

『超過駆動(オーヴァーチュア)』エンチャント・ウィンドアロー！」

「うおおおおおっ！」

「はあああっ！」

魔道具職人にとっては、この作業場こそが戦場だ。

俺たちは戦っている時と変わらないほどの気迫で、うずたかく『魔法筒』を積んでいく。

「げぷっ……もう限界っす、隊長」

「参りました……」

魔力ポーションをがぶ飲みしまくり、気持ち最初に見た時よりも腹が膨らんだメンバーたちが倒れていく。

彼らに勝利した俺は、そのまま付与魔法を残っている筒にかけ続けた。

「――よしっ、これでとりあえず筒が届いてる分は終わった。とりあえずゆっくり休め、俺はこのまま他の隊員たちの様子を見に行ってくる」

「ういぃーっす……」

「隊長は相変わらず化け物じみてるぜ……」

俺はグロッキーになっている魔道具班と、引きつった笑みを浮かべているお手伝いさんたちを背に、小屋をあとにした――。


しばらくの間、俺は『辺境サンゴ』とは離れて魔道具造りに勤しむことにした。

俺とシュウという魔道具造りのツートップがいないせいで、そもそもの魔道具の供給に限界がきはじめていたからだ。

俺の力が必要になるような強敵の反応がないことも大きい。

トイトブルク大森林からやってくる魔物は、セリアのアンデッドと悪魔だけでもほとんど打ち漏らしがない程度のモンスターしかいないからな。

ちなみに掃討作戦も順調に進んでおり、今は『辺境サンゴ』とリンブルの精鋭兵たちで領地の奪還を行うための用意も進んでいる。

魔道具造りの方は、俺が参加したことによって一気に進んだ。

でき次第逐次投入するというやり方なので多少の問題は起こったが、まぁ十分に対処は可能だった。

装備にバラつきがあったり、使用法が完全に理解されず暴発事故が起きたり、不発だったせいで魔物のかみつきを食らったり。

こういう上が決めた変更の割を食うことになるのは普通は現場だが、今回は違う。

いきなり強力な武器がタダで支給されるのだから、嫌がる兵士はほとんどいなかったようだ。

上がってくる陳情に、あまり悲観的なものはなかった。

頭が固い奴らもいたようだが、その有用性を目にすれば何も言えなかったようである。

『魔法筒』の安定供給が可能になったので、俺は魔道具班から一旦離れ、リンブルの精鋭兵たち用の装備を作ることに決めた。

『魔法筒』による防衛戦力の確保が済んだら、次に行うべきはリンブルの兵士たちの強化だ。

リンブルの兵士にはある程度戦える者も多いので、その戦力を浮かせておくのはもったいないからである。

危険だった魔物は俺が率いていた頃にあらかた蹴散らしておいたので、今ならば街の外に出没する魔物たち相手なら問題なく対応できる。

ただ、やはりトイトブルクに近付けば近付くほど魔物は強くなっていく。

トイトブルクからやってきて、罠とアンデッドたちによる警戒網を突破してきた魔物を直接屠れるほど、リンブルの兵士たちは強くない。

それを行えるのは、まだ『辺境サンゴ』だけだ。

もちろん、広い国土を『辺境サンゴ』の六百人足らずの人員で守り切ることはできない。

街が魔物から襲われないように周辺の強力な魔物を狩るのと、最前線でマズい魔物が人里に出てしまうまでに討伐するので精一杯だ。

なのでなんとかして戦える人員を増やす必要がある。

リンブルの精鋭兵たちにしっかりとした装備を行き渡らせ、街を守るだけでなく魔物によって占領されている地域へ向かい、魔物たちを狩れるところまでいってもらう。

それができたら、次に『辺境サンゴ』が対応している凶悪な魔物の討伐をできるようになってもらい、そこまで行ったら俺たちのお役御免だ。

道のりは未だ長い。

が、終わりが見えている分、気が楽だ。

バルクス防衛のようないつ終わるかもわからないことをやるより、ゴールが見えていることをやる方がよっぽど気持ちが楽である。

俺は、まずは精鋭兵たち用のマジックウェポンの作製に取りかかることにした――。

ただ『魔法筒』のような単純な魔道具ではない、複雑なものを作るとなると俺だけでは難しい。

そもそも俺にできるのは付与魔法で魔法効果を付けることだけだ。

皮をなめして鎧にしたり、金属を溶かして直剣を作ったりすることは俺の担当外である。

ただ幸いにも、『辺境サンゴ』には俺の無茶を聞いてくれるありがたいメンバーがいる。

鍛冶担当のダックと皮革担当のジィラック、そしてそれを手伝うサポートメンバー（この中には俺も含まれている）。

みんなで力を合わせれば、どんな素材であっても加工が可能になる。

ただリンブルもデザント同様、基本的に鎧を始めとする武具は個人負担だ。

高い給金には、その分も含まれてるからな。

今回の場合はソルド殿下がある程度補助金を出してくれるようだが、基本的には俺たちから騎士たちが買い上げるという形になる。

俺もそこまであこぎな商売をする気はないが、素材の原価と加工料くらいはきちんともらうつもりだ。

なので俺らは、あくまでも彼らの財布との兼ね合いで装備を作ってあげる必要がある。

リンブル兵たちの要望も聞きたいということで、俺たち生産班一行は一度王都へ向かうことになった。

リンブル兵は全体を東部の防衛に回せているわけじゃない。

例えば最精鋭であるソルド殿下が抱えている白鳳（はくほう）騎士団なんかは、未だ王都に釘付けだ。

その理由は……政治的なものだ。

ソルド殿下率いる王党派が王都で影響力を持つためには、戦力を王都付近に展開させておく必要がある。

地方分派や中立派に、要らぬ邪心を抱かせぬためにだ。

ソルド殿下が全力で東部を奪還しに戦力を差し向ければ、クーデターの一つも起きる可能性がある。

どうやらリンブルの中央は、結構きな臭いことになっているらしい。

政治のせいで効率的な戦力配分ができないというどの国にもある非効率が、リンブルにもあるのだ。

殿下の随行員として、俺たちは特にチェックを受けることなく王都に入ることができた。

今回の面子は俺とシュウ、ダックにジィラック、それからその下についている生産班だ。

戦闘能力は自衛が限度なので、いざとなれば俺がなんとかするしかなさそうだ。

そんな事態にならないことを祈るばかりである。

街へ入ると、活気のある大声がそこかしこから聞こえてきた。

「不穏な感じはまったくしないですね」

「はは、当たり前だ。上がゴタゴタしていても、平民というのは力強く毎日を生きている」

リンブルの王都リンブリア……思っていたよりずっと活気のある街だな。

露店の人間は商魂たくましく人を呼び集めているし、そこら中に客引きの人間がいる。

食事処と屋台の出す匂いが混じり合って甘辛いタレのような香りが鼻を刺激し、思わず唾が出そうになった。

ソルド殿下が東部から帰還したということで、たくさんの人たちが物見にやってきている。

こうやって見ていると、殿下の民からの人気は中々高いようだ。

殿下の方も、気安く手を振ったりしている。

貴族が通る時に顔を上げれば即死罪なデザントとは大分違うな。

貴族と平民との間の距離がずいぶんと近い。

「これ、貴族の権威的なやつは大丈夫なんでしょうか」

「平民と貴族ではそもそもの戦闘能力が違うからな。魔力を御しきれず気力の使い方を知らない平民は、数打ちの剣で人を真っ二つにできる騎士には逆らわないとも」

「なるほど……」

「そもそもそんなことにならぬよう、税金も比較的抑えている。デザントでいうところの王国区と同盟区の中間くらいだな」

リンブルに属州制度はないが、よくそれでやっていけるものだと感心する。

デザントは属州から税金を絞り上げることができる分、王国民が楽をできる仕組みになっている。

だがリンブルには搾り取れる者たちがいない。

その差はなんだろうと思い、そういえばリンブルは肥沃な土地が多いことを思い出す。

収穫量自体がかなり多いため、そこまで税金を引き上げずとも平民も貴族も困らないようになっているんだろう。

ここが属州になれば、まず間違いなくデザントの一大穀倉地帯になるだろう。

補給体制が今より盤石になれば、それこそデザントの一強状態はさらにひどくなる。

「負けられませんね」

「そのためにわざわざ王都まで来てもらったのだ。色々と動いてもらうぞ、アルノード」

「御意に」

俺たち一行は殿下が抱える白鳳騎士団の武具を揃えるためにやってきた。

だがもちろん、それだけのために王都まで足を運んだわけではない。

俺はこっちに来てからも、たくさんやらなければいけないことがあるのだ。

……上に立つって大変だよな、ホント。

「どうですかね、一応原種ワイバーンの素材で統一するつもりなんですが」

「付ける効果は『斬撃軽減』と『魔法減衰』と『回復』の予定ですね。一着お試しで作ってありますので、確認してください」

白鳳騎士団の下へやってきた俺たちは、事前に用意しておいた一着の鎧を出した。

黒っぽい紫の鱗（うろこ）を削って作っているので、見た目がずいぶんと禍々（まがまが）しい。

鱗を重ねているので、紫の要素が消えてほとんど真っ黒に見える。

「うちは白鳳騎士団だが……黒いな」

「黒鳳（こくほう）騎士団になっちゃいますね」

騎士団の中の代表者であるカーネルさんが、鎧をためつすがめつ確認する。

それについてきている騎士は、キースさんというらしい。

ちなみにカーネルさんが団長で、キースさんは騎士団のエースらしい。

とりあえず武具を揃える相談を、この二人にしてみようということになった。

来る前にみんなと相談して結構悩んだんだが、俺たちは原種ワイバーンと呼ばれる下位龍の中では強い方の魔物の鱗を使ったスケイルメイルを作ることにした。

昔一度原種ワイバーンの群れがトイトブルクにやってきた時、俺が単身で相手をしたことがある。

中位龍の素材で装備を揃えているため、『辺境サンゴ』メンバーの装備の更新には使えず、在庫が余っているのだ。

ワイバーン素材なので耐久は折り紙付き。

付与魔法で各種ダメージ軽減も付いているので、ちょっとやそっとの攻撃なら効かないはずだ。

「試してみても？」

「どうぞ」

カーネルさんが腰に差していた剣を抜き放ち、鎧に切りつける。

なかなか良く気力が練られている、使っている剣は……ミスリルか。

剣は鎧とぶつかり……そして抵抗を受けすぐに止まった。

見れば擦れた痕はあるが、切れ込みは入っておらず目に見える傷もない。

「これはすごいな……」

「団長、こんなものがあれっぽっちの値段で買えていいんでしょうか？」

「これも殿下の人徳のおかげだ」

この鎧で問題ないという話がまとまり、団員たちが呼び出されてぞろぞろとやってくる。

ソルド殿下が集めた王都にいる腕利きの鎧職人たちと生産班の面々が採寸を始める。

既に鎧職人や皮革業者とジィラックたち『辺境サンゴ』のメンバーの顔合わせは済ませているため、動きもかなりスムーズだ。

防具の次は得物だが、これは直剣がいいという話になった。

今使っているミスリル製の剣が使い心地がいいということなので、俺がそれぞれの剣に魔法を付与をしていくことになった。

なんでも鎧が黒いのは構わないが、騎士団が魔物の牙や角で作った剣を持つのは外聞がよろしくないということだ。

そういうもんだと割り切って、ちょちょいと付与魔法で効果を付けていく。

あり物に付与するだけなので、あまり強い効果は付けられないが、その分ほとんど時間はかからない。

白鳳騎士団はほとんど全員が気力使いなので、魔法とかち合ってしまわないよう身体強化（フィジカルブースト）系の魔法は避ける。

とりあえず『斬撃強化』と『頑健』だけ付けておくことにした。

より強力な魔法効果の付与されたミスリル剣を作るなら、一度溶かしてからしっかり内側に魔力回路を彫り込み、ミスリルに負けないような素材で作った魔力触媒を使わなければならないが……そこまでするとコストと時間が掛かりすぎる。

ミスリルやオリハルコンの精錬と変形には専用の炉を作らなくちゃいけないからな。

白鳳騎士団の装備更新の目処（めど）がついたところで、ソルド殿下からの使いがやってくる。

どうやらソルド殿下の父である現王フリードリヒ四世が俺に会いたがっているらしい。

王との謁見はずいぶんと久しぶりな気がする。

前にいつ着たか忘れたが、一張羅を引っ張り出してこなくちゃいけないな。


王宮へ入る俺を待っていたのは、かなり厳重なボディチェックだった。

事前に話は聞いていたので、荷物は全て馬車の中の『いっぱいハイール君』の中に収納済みなので、押収されたりする心配はない。

何度も身体をまさぐられ、何も持っていないことを確認されようやく許可が出る。

そんなことを二度ほど繰り返しながら、衛兵たちが矛を携えて左右に立っている廊下を歩いていく。

床には赤い絨毯(じゅうたん)が敷かれているし、高そうな美術品なんかも飾ってある。

全体的にハイソな雰囲気が漂っていて、どうにも落ち着かない。

今ばかりは、血腥(ちなまぐさ)い戦場やかび臭い家が落ち着く小市民な自分が憎い。

王宮の一室で待たされることしばし、ようやく謁見の準備が調ったようだ。

何かまずいところはあるまいかとセルフチェックをする。

着ている黒いスーツにはほつれはなく、ネクタイも曲がってはいない。

しばらく着ていなかったせいでシャツの襟が首筋に触れるのに少し違和感があるが、別段おかしなところはなかった。

よし、王に会いに行くとするか。

リンブルで暮らす以上、顔合わせは避けられないからな。

「余がフリードリヒ四世である。アルノード、面を上げよ」

「はっ！」

顔を上げると、そこにあったのは灰色の目をした老齢の王の姿だった。

年齢はまだ六十になっていないというが、公務が忙しいのか心労がたたっているのか、実年齢よりもずっと老けて見える。

周囲には王を守る近衛兵（このえへい）の姿はあるが、他の王族の姿はない。

ソルド殿下の姿もないのは、彼も王都に帰ってきてかなり忙しい身分だからだろう。

リンブル国王は玉座に腰掛け、手にはルビーの嵌（は）まった金の錫杖（しゃくじょう）を持っている。

頭にある、ミスリルやプラチナのちりばめられた王冠と合わせてかなり目に眩（まぶ）しい。

「リンブルに来てくれたこと、大変嬉しく思う」

「いえいえこちらこそ。私どもを温かく受け入れて頂けたこと、幸甚に思っております」

「なんでも我が国の国防のために骨を折ってくれているとか」

「微力ながら、お手伝いをさせていただいております」

「うむ、よきにはからえ」

それだけ言うと、退出を促された。

もっと今後の話が出てくるかと思ったが、国王はそこまで話をするつもりはないようだった。

余所からやってきた外様の俺に対する扱いなんてこんなもんだろうと思っているから、別に気を悪くしたりはしていないんだが……どうにも危機感のない王様だな。

今のリンブルは内憂外患で結構危険な状態だと思うんだが、彼からはそういった切羽詰まったような様子は一切見受けられなかった。

その分を彼の息子と娘、それから大臣たちが補っているってことなんだろうな。

フリードリヒ四世自身はかなり温和で、良くも悪くも平凡な王だという話は殿下から聞かされている。

『過度な期待も過度な失望もしないでくれ。今は父上が息災でいることが一番大切だ』

国王が死んで継承問題が具体性を帯びてくれば、それがソルド王太子殿下とアイシア第一王女殿下とノヴィエ第二王女殿下の王位継承争いに発展する。

一度争いが始まれば、それは王党派と地方分派、そして中立派による内戦になりかねない。

現在ソルド殿下はそうなるのを回避するため、東部領地の奪還や新たな魔法技術を餌に他派の切り崩しに忙しいらしい。

恐らくは謁見に同席しなかったのもそれが理由だろう。

厳密なスケジュールが決められているらしく、謁見が終わった俺は再度応接室で待たされることになった。

さて出て行こうかと思ったその時、天井裏から魔力反応を感知した。

「いったいどなたでしょうか？」

飛び上がり天井裏の羽目板を軽くノックしてやると、観念したような顔をして一人の女性が現れる。

黒尽くめの衣服に身を包み、口元を隠しているが、相当な美人だな。

「さるお方があなたとお会いになることを望んでいます。もしよろしければ――」

彼女は何かに気付くと、サッと俺の手に紙を握らせてから大きく飛び上がった。

天井裏に戻り、羽目板を直し証拠を消すと、コンコンと扉を叩く控えめなノックが。

なかなか素早い身のこなしだな。

「アルノード殿、よろしいでしょうか」

俺は兵士の先導に従い、王宮を後にする。

ふむ、さるお方……ね。

まあなんとなく察しはつくが……一応会ってみるか。

## 【side　アイシア・ツゥ・リンブル】

「ああっ、もうっ、なんで上手くいかないの！」

香油を使いさらさらにしてもらった髪を掻き毟り、手当たり次第に目についた物を壊していく。

けれどそんなことをしても、この胸のもやもやはまったくと言っていいほどに消えてはくれなかった。

私――リンブル王国第一王女、アイシア・ツゥ・リンブルは選ばれた人間だ。

私は他のどの子よりも美人だ。

私は他の王族たちよりも、頭が切れる。

今まで挫折らしい挫折はしてこなかったし、叶えられない願いは一つとしてなかった。

けれど今……私は非常に微妙な立場に立たされている。

私が作ったのは、地方分派という派閥だ。

これは元々独立独歩の気風の強かった地方貴族たちを、私という御旗の下で一つの勢力にまとめたグループ。

みんなで目指すのは、もちろん私の新王への即位。

そのために色々と面倒を見てもらっている。

その分即位後は多少目をかけてあげなくちゃいけないけど……そんなことは、王になってから考えればいい。

余所とは違い、リンブルには女性でも王位につける風習がある。

既に何人もの女王がいたことがあるしね。

私は、なんとしてでも王になる。

そして贅沢三昧な暮らしをして……この国で一番の権力者になるのだ！

その目的のためなら私は――悪魔とでも、契約をしてみせる。

女王が誕生するのは王族に男子がいなかった場合やいても後見人が必要なほど幼い場合などに限られる。

ソルドがいる限り、彼が死にでもしない限り私に王位が回ってくることはない。

そしてソルドの息子も、そう遠くないうちに元服を終える。

正常な手段だけを用いていては、私が女王になれる目は薄かった。

だから私は悪魔の――地方貴族たちの手を取った。

彼らからの支援によって、私は王国内で強い発言権を持てるようになった。

その分、私が即位に成功した暁には見返りを求められている。

結果地方貴族たちは今にも増して勢いをつけるだろうけど……そんなものは王になれるなら、どうだっていいことよね。

そして毒を食らわば皿までと、次にデザントの手を取った。

裏金を回してもらったり、向こうの先進的な魔道具を譲ってもらったり。

向こうも何か考えてるんだろうけど……そんな目論見なんか簡単に打ち破れるはずよね。

とにかく、まずは王になることだ。

王になることができたのなら、その後から色々なことを考えればいい。

私は一番上に立つのが好きだ。

そして誰かの下になって立たされるのが嫌いだ。

だから私は王になって、リンブルで一番偉い人間になる。

ならなくちゃいけない……いや、なって当たり前。

だって私はこんなに美しく、聡明なんだもの。

私の目論見は、かなり上手くいっていた。

けれど邪魔が入った。

そのせいで今はもう、むちゃくちゃよ。

あの――アルノードとかいう男のせいで!

私が描いた王位継承までの絵図は、ほとんど完成していた。

あとはいくつかのピースを埋めるだけで完了するはずだったのだ。

私が地方分派を大きくした方法は、単純でそれゆえに切り崩しにくいものだった。

まず最初に、地方貴族に周囲の貴族たちを取り込ませ、地方分派自体を大きくしていく。

そして懐柔が上手くいかなかったり、そもそも統制できる範囲外にいたりする貴族家には鼻薬をかがせたり、硬軟織り交ぜた交渉を行ったりして傘下に入れていく。

元豪族でお金をたくさん持っている地方貴族と、私の即位を手伝ってくれるデザント。

二つのパトロンを持っている私は、資金力という一番の強みを発揮できるシンプルな方法を選んだ。

実際問題、王党派や中立派の人間を何人も寝返らせることができている。

中立派のノヴィエはただ勝ち馬に乗りたいだけの小娘だから、私のライバルは実質ソルド一人。

そしてそのライバルは、勝手に自分から崩落に巻き込まれていった。

ソルドがリーダーを務める王党派の人間は、東部に土地を持つ貴族が多い。

そしてそんな東部貴族たちは、勝手に力を失っていった。

そう……魔の森からやってくる凶悪な魔物たちの手によって。

魔物による領土の蹂躙(じゅうりん)は、王党派の貴族たちを直撃した。

領地を奪われ土地持ち貴族にもかかわらず税金が取れなくなってしまった者。

自領の平民を他領へ難民として移すために、いくつもの条件を呑(の)まされた者。

最後まで領地を守ると無駄な意地を張り、無様に魔物に食い殺された者。

王党派の貴族の数自体もかなり減ったし、彼らが王都へ及ぼす影響は日々減少し続けていた。

けれど、この潮流はとある一つの出来事のせいで、土台からひっくり返ってしまった。

このまま行けば父であるフリードリヒ四世が死ぬ前に決着がつく……そんな風に高笑いしていた

少し前までの自分を、ぶん殴ってやりたい気分だ。

——向こうに、デザント最強の魔導師である『七師』がついたのだ。

元と言うただし書きは付くが、それでもかつてデザントの最強の一角を担っていた人間だ。その実力は並大抵のものではないだろう。

私は最初、デザント側がこちらに内戦を起こさせる一手なのかと疑心暗鬼になり動けなかった。

だがそれはまったくの杞憂だった。

勘違いしたせいで初動が遅れ、取り込むことに失敗してしまった。

驚くべきことに彼の人物——アルノードは既にデザントを放逐されているのだという。

そして流れの冒険者としてリンブルに居たところを、王党派に見込まれたのだという。

だがいくら最強とは言え、所詮はただの一人。

たかが一人の人物が王党派に入っただけで、何かが変わるはずがない。

最初は私も、そんな風に思っていた。

（アルノードが冒険者クランを作っているという話も聞いていたけど……それでも冒険者集団が一つ味方についただけ。それだけで現状が変わるほど、私が築いてきた体制は弱くない）

私はわずかに不安を抱えながらも、派閥工作を続けた。

そして……私の悪い予感は、見事に的中することになる。

アルノードが引き連れている『辺境サンゴ』の強さは異常だった。

今までひいひい言いながらなんとか防衛を続けてきた王党派の奴らは、『辺境サンゴ』による支援のおかげで大きく変わった。

堅牢な要塞が築かれ、平穏を脅かしていた魔物たちは討伐され、往来の時の危険は彼らが造り出した魔道具によって大きく減った。

アルノードのせいで、王党派は完全に息を吹き返してしまった。

いや、それどころか下手をすれば……以前よりもずっと手強くなったかもしれない。

まず王党派は魔物の侵攻を最前線で抑え続けてきた。

その実戦経験の多さというのが脅威だ。

そのため王党派にいる兵士たちは、数はどんどん減ってはいたがその分、精鋭に育っている。

人間には魔力と気力がある。

その練り方や使い方というのを学ぶのは、やはり実戦が一番と聞く。

兵士たちというのは、基本的には使えば使うほど強くなっていく。

それも死ぬような思いをすればするだけ。

魔の森の魔物たちとの戦いは、彼らに強くなれる環境を与えてしまっていた。

地方分派はそれぞれの貴族の仲はよくはないが、戦争が起こるほど悪いわけでもない。

せいぜいが、水利だの鉱山の私有権だのという各種の権利問題で紛争が時折起きるくらいだ。

そのため私たちの抱える兵士は、久しく実戦というものを経験していない。

兵士たちが強くなることだけならば、問題にはならなかった。

いくら精鋭の兵士であっても、三人に同時に攻撃をされれば対処はしきれない。

数の暴力と金の力があればどうとでもなるからだ。

これが問題になったのは、アルノードと彼が率いる『辺境サンゴ』が魔物を倒し、東部の安全保障体制を確立してしまったからだ。

彼らはデザント式の高性能な魔道具を惜しげもなく提供することで、王党派の貴族の抱える私兵たちの武装を軒並み強力なマジックウェポンへと変えている。

今まで東部とは、行けば魔物に食われる可能性があり、恐らくは今後も失陥していく土地が増えていくはずという危険な地域だった。

そんな場所に人は集まらず人口は流出し、商人も寄りつかなくなる。

先細りしていくしかない場所に、金銭は集まらない。

しかしアルノードたちによって、事情は一変した。

今のリンブル東部は魔物の被害も減り、土地を奪還できるという期待感に包まれている。

商人たちもそこに新たな商機を見出し始めていた。

それこそが稀少な魔物の素材と、アルノードたちから技術を教えてもらうことで作られている、最新式の魔道具である。

今までは危険すぎて採算が取れなかった魔物の討伐は、今ではある程度安全マージンを取って行えるものにまで変わっていた。

危険で安かった土地が、安全でなおかつ安い土地へと変貌を遂げたというわけだ。

そしておまけに、魔物の素材と魔道具という新たな産業になるであろうものが二つもできてしまった。

投げ売り状態だった土地の価値はどんどんと上がっており、王都に居る商会もかなりの割合で東部へと投資を開始している。

下降線を辿っていた東部地域の経済は持ち直し始めており、徐々に上向き始めていた。

先行きが明るいのならば、わざわざこちら側になびくような王党派貴族はいなくなる。

少し前までは羽振りをよくすればついてきていた貴族たちは、今ではソルドの忠犬になってしまっていた。

あのままいけば壊滅していたはずのアルスノヴァ侯爵の騎士団は、人命の損失が減り、新たな入団希望者により戦力を増強中。

ソルドの白鳳騎士団にはアルノードが直接出向き、強力なマジックウェポンを分け与えているという。

既に戦力差は覆ってしまっている。

そこにアルノード率いる『辺境サンゴ』まで加わるのだ。

更に放置しておけば、デザント式のマジックウェポンが拡がり戦力差は広がるばかりときている。

この一連の、東部の逆転劇。

それら全てを演出したのは――間違いなく『怠惰』のアルノードだ。

彼が全てのキー。

彼さえいなければ、今もまだ王党派は不況と経済の低迷に喘いでいた。

間違いなくそう遠くないうちに……私に白旗を上げていたはずなのに！

「ああっ、もうむかつく！」

白磁の花瓶を割り、水差しを壁に投げつけ、物にあたることでなんとか気持ちを落ち着かせる。

私の旗色は日増しに悪くなっている。

ここ最近、デザントが私に献金する額が明らかに減り始めている。

このままでは私が王位を継ぐことはできないと、見切りをつけ始めているのだろう。

私が――私が王になる！

あと一歩、ほんの少しで念願が叶うはずだったのに！

現在、大勢は決まりつつある。

父上は何もできない腑抜けだから、そこを使って現状を打破することもできない。

となれば残っている手段は一つ。

なんとしてでも、アルノードをこちら側に寝返らせる。

それさえできれば、状況は一変する。

私たちが彼の持つ全てを手に入れることができれば何もかも元通り……いや、本来の想定より更なる上を目指すこともできるはずだ。

デザントのことをよく知っている彼がいれば、私が王になってからも楽になるはずだし。

だから私は子飼いの密偵であるカナメに、アルノードを呼び出すよう命じた。

王宮ではソルドや父上の目がどこにあるかもわからないから、うかつに声をかけることはできない。

待ってなさい、ソルド……。

私はまだ、終わっちゃいないのよ。


ソルド殿下との面会を終え、騎士団との相談なんかも終えて日々の業務を終えてから、俺は宛がわれた部屋から抜け出した。

当たり前だが、アルスノヴァ侯爵にもソルド殿下にも事前に会合に向かう旨の話は通してある。

裏切られたとでも思われたらたまったもんじゃないしな。

会合場所に指定されたのは、王都の外れにある倉庫。

アンバー商会の七番倉庫が、そのさるお方のいる場所だ。

倉庫の前には見張りらしき男たちがいたが、俺の姿を確認するとさっと扉を開いてくれる。中は薄暗く、灯(あか)りは一点にしかついていなかった。

その場所に彼女がいるのだろうと、ゆっくりと歩いていく。

「あなたがアルノードね、初めまして」

「アイシア王女殿下……でお間違いないですか？」

「相違ないわ。私がアイシア・ツゥ・リンブルよ」

アイシア殿下の見た目を一言で表すことは難しい。

華やかで派手でありながら、どこか落ち着きのある格好だ。

プラチナブロンドの髪はランプの明かりを反射してオレンジ色に光り、そのペリドットの瞳は吸い込まれそうなほどに大きい。

かなりの美人だな……もう三十は過ぎているはずだが、これなら二十代前半と言っても通用するだろう。

ただ、つり上がっている目からは鋭い光が発されている。

野心にギラついた瞳からは、彼女の気の強さが窺(うかが)える。

「ソルドとは政敵だから、まぁいい話は聞いていないでしょうね」

「そんなことは……」

「お世辞はいいわ」

アイシア殿下は立ち上がり、手に持った扇子で口元を隠す。

目が少し細くなり、俺を見定めるような視線が飛んでくる。

それを平気な顔で受け流すと、彼女はこちらに近付いてきた。

「アルノード」

「なんでしょうか、殿下」

「私の麾下に入りなさい」

「……」

何を言われるか、大体予想はついてたが……やっぱりか。

俺を引き抜けば、旗色の悪くなり始めている地方分派を盛り返せると思っているんだろう。

もちろん俺の答えは決まっている。

「お断りします」

「……あなたが必要だと思うものを全て与えてあげる。地位も、お金も、名誉も、女も。今みたくソルドの下で冒険者をやるより、ずっと素晴らしい日々になると約束するわ」

素晴らしい日々、か……。

俺と彼女の間には、ずいぶんと大きな価値観の相違があるようだ。

俺は今の毎日が、そこそこ素晴らしくて好きなんだよ。

別に、しっかりとした何かがあればアイシア殿下についてもいいとは思っている。

例えば彼女が国の舵取りをした方が、リンブルが上手く纏まったりするっていうなら、鞍替えもやぶさかではない。

けどなぁ……。

「私が王になった暁には――」

「私の下で今よりもずっと――」

「なんなら私の下で、あなたが国の宰相に――」

最初は真面目に聞いていたが、すぐに話半分に聞き流した方がいいと気付いた。

話を聞いている限り、彼女はどこまでも我が強い。

私が、私が、私が。

何を話していても、とにかく自分が一番でなければ気が済まないという様子だ。

なんなら国よりも自分の方が大切とでも思っていそうな気配すらしてくる。

俺は王様に必要なのは、そういう我の強さではないと思う。

時に自分を押し殺し、民のためにしたくないことをしなくちゃいけないのが、王の仕事だからだ。

トップの人間っていうのはいつだって、色んな物を飲み込まなくちゃいけない。

そうやって考えると……アイシア殿下よりソルド殿下の方がずっといい王になれると思う。

俺が丁寧に断りを入れ続けると、鼻息荒くもういいと叫ばれる。

そろそろ潮時だろうと、アイシア殿下に背を向けて歩き出す。

「後悔することになるわよ……」

背中にかけられた声には、怨嗟がこもっていた。


屋敷に戻ってから、何があったのかを説明しようとしたのだが、侯爵は留守だった。

だがオウカが居たので、彼女に説明をすることにした。

彼女を経由させて、侯爵に伝えてもらおう。

「ふむ、なるほど……アイシア王女殿下が……」

オウカは俺が出掛けていたことまでは知らなかったようだが、アイシア殿下が不透明な状態で動いていることは摑んでいたようだ。

俺を引き抜こうとしていることも予測ができていたのか、まったく驚いてはいない。

「会ってみて、どうでしたか？」

「……少なくとも王に向いてはいないと思ったな。あれだけ押しが強いと、色々と大変だろう」

「押しの強さも善し悪しですが……たしかにアイシア殿下の場合は、そうでしょうね」

話していて思ったんだが、彼女には自分が王になりたいという欲望はあっても、王になって何を成したいかという部分がまるでなかったように思う。

そんな人に今後のリンブルの舵取りができるかといえば、間違いなく否。

デザントをなんとかするために必要な王は、女王アイシアではない。

「その言葉、お父様が聞いたら喜ぶと思いますよ」

「どうしてだ？」

「もし地方分派に転ばれでもしたらどうしよう……と割と真剣に悩んでいたので」

地方分派に寝返るかもと思われているとは……少々心外だな。

俺だって自分が組む相手くらいは選ぶぞ。

それにオウカたちとは絆（きずな）を育んできたつもりだ。

簡単に裏切るほど、浅い仲ではないつもりなんだがな。

「私としても少し不安はありましたけど、基本的には大丈夫だと思ってましたよ？」

「そっか、その信頼に応えられるように頑張るよ」

「もう十分ですよ、私たちが活躍できる場所もしっかり残しておいてください」

オウカはそれほど心配には思っていなかったようで、終始にこやかな態度を崩さない。

彼女はゆったりとしたガウンに身を包み、完全にくつろいでいる。

こういう明らかな家着を着ているのを見るのは初めてだ。

なんていうか、質感があるな。

……どうしよう、そういえばここオウカの私室なんだよな。

話が一段落して下手に冷静になったせいで、逆に緊張してきたぞ。

俺、女の子の部屋とかに入ったこと、ほとんどないからな……。

俺がドギマギしていることには気付かず、オウカは机の上にある資料に手をかけた。

そしてペラペラとめくり読み始める。

紙がめくれる音だけが、部屋の中に響いていた。

「これから、アルノード殿はどうするんですか？」

「これからっていうのは、今後の身の振り方のこと……じゃないよな？」

「ええ、それこそ今月は何をするのかなぁと」

直近でどうするか、ね……。

俺自体は実は、手すきではあるんだよな。

『魔法筒』も必要な量は、魔道具班の頑張りのおかげで確保できたし。

やること自体はいっぱいあるけど、白鳳騎士団の鎧が完成し次第付与魔法をかけなくちゃいけないから、あんまり遠出はできない。

なので王都でできるデスクワークなんかをするつもりだ。

戦闘用以外の各種魔道具を作ったり、リンブルの人たちにもわかりやすいようなデザント式の魔法学の指南書なんかを書いたり……って感じだな。

「俺は鎧をマジックウェポンにするだけだから、鎧が完成するまでは結構時間がある。適当に魔道具でも作りながら時間を潰すつもりだよ」

「まあ、それならタイミングはバッチリですね」

「タイミング……？」

「実はそろそろ――」

バタン、とドアが開かれる。

オウカが最後まで言い切るのを待つことなく、部屋の中に来客があった。

「帰ってきたぞ、オウカ……アルノードが、どうしてここに？」

入ってきた闖入者は――久方ぶりに会ってもその美しさに陰りのない、サクラだった。

「少しばかり話し合いをな、侯爵がいないのでオウカに話し相手になってもらってたんだ」

「ふむ、そういうことか。悪いな、ここ最近侯爵家はかなり多忙なのだ」

エルルという前例があるせいで、女の子と話している最中に別の女の子が入ってくるとなぜか身構えそうになるが、まったくそんな必要はなかった。

なんでかわかんないけど、こうやって女の子と二人で会うとエルルの目から光が消えるんだよな……。

サクラは何も頓着していない様子で、トントンと自らが着用している鎧を叩く。

「このワイバーンの鎧にはずいぶんと助けられた。これほどのマジックウェポンをくれて、本当にありがとう。もしミスリルの鎧を使っていたままなら、死んでいたかもしれない……」

サクラの顔は、以前と比べると少しだけやつれて見えた。

けれどその分、顔つきが少し逞しくなった気がする。

女の子を形容する言葉としては、不適当かもしれないけども。

サクラは名代として最前線に出向いていたと聞いている。

俺たちが居ない状態で、慣れない武装を使いながらの連戦は、彼女には堪えたと思う。

それでもこれだけ立派な顔をするようになったってことは……いい意味で、成長ができたんだろうな。

「それならよかったよ。前に作ったけど使う機会がなかったやつだから、大事に使ってもらえると俺も嬉しい」

よく見れば鎧にはいくつもの傷が走っている。

後でジィラックあたりに見てもらって、応急処置をしてもらった方がいいな。

サクラに渡した『ワイバーンメイル』に使っている素材は純粋なワイバーンのものなので、より強力な原種ワイバーンのものを使っている白鳳騎士団の鎧と比べると、素材の価値自体は低い。

けれどその分、魔力触媒は奮発しており、かなり強めの効果がつけてある。

どうしても魔力触媒をケチると、付与する魔法の効果が高くならないからな……。

原種ワイバーンの鱗で作ったスケイルメイルと、サクラの『ワイバーンメイル』の両方に『魔法減衰』の効果は付いているが、後者の方が効果は高い。

「サクラはどうして戻ってきたんだ?」

「それはもちろんアルノード……たちのおかげで防衛に余裕ができたからな。王都での色んな工作が必要な私は、一度戻らせてもらったのだ」

サクラは王国騎士団所属の『聖騎士』だが、そこらへんは結構融通が利くらしい。

まぁ侯爵家の娘だし、色々と配慮はされるよな。

たしかにアイシア殿下が俺に誘いをかけたことからもわかるように、今王都では色んな蠢動(しゅんどう)が起こっているはず。

となればアルスノヴァ侯爵の血を引くサクラが活躍できる場面は、たしかに多いだろう。

サクラもかなり身ぎれいにはしているんだろうが、急いでここまでやってきたからか以前と比べるとどうしても汚れてしまっている。

浄化(ピュリファイ)をかけてあげると、彼女は「んっ……」というドキッとするような声を出した。

な、なんだろう。

この部屋に来てから、俺ずっと変にドキドキしている気がする。

『辺境サンゴ』の女の子たちと離れ、男所帯での生活が続いたせいだろうか。

王都へやってくるまでの短時間でこんなことになってしまうのなら、俺が普通の軍隊にでもいたら大変なことになっていたかもしれない。

かしましいとは思ってはいるけど、やっぱり『辺境サンゴ』のみんなと一緒にいることができてよかったな。

「俺もしばらくの間、王都で暇してるんだ。とりあえずここに逗留させてもらうつもりだから、一緒に飯くらいは食えると思うぞ」

「そ、そうか！　それはよかった！」

一緒にご飯が食べられるというだけで、なぜかサクラはすごく嬉しそうな顔をする。

……喜んでくれるなら、いいか。

サクラも忙しい身だろうけど、模擬戦なんかをやってみてもいいかもしれない。

こんな機会でもないと、なかなか時間も取れないし。

他の武闘派の隊員がいないから、俺の方も腕がなまりかねないしな。

# 第二章 ✝ 王都での逗留

樹に止まった鳥たちがチュンチュンと鳴き、どこかからニワトリの鳴き声が聞こえてくる朝の時間。

侯爵家の屋敷に逗留させてもらっている俺は、裏庭で剣を振っている。

接近戦が苦手な魔法使いは長生きできない。

魔法をくぐり抜けて近付いてくる気力使いや魔物たちと戦うためには、身を守るための剣技を身につける必要があるからだ。

素振りや、対人戦を想定したシャドーや、気力の練り上げ。

そういった基礎練習は、基本的には一人でやることが多い。

だってそんなのを他人の前でこれみよがしにやるのって、なんだか自分の努力を見せつけてるみたいで嫌じゃんか。

そもそも努力してる姿を他人に見せるのが、あまり好きではないのだ。

そういうところは、しっかりと男の子なのである。

けれどここ最近は違った。

今も俺のすぐ近くには、ブンブンと元気に剣を振っている人影がある。

「やはり朝から運動するのはいい。アルノードもそう思わないか？」

「同意するよ。夜だと仕事で疲れているし、昼だとそのあとの仕事が面倒になる。結果朝鍛錬するのが、一番身が引き締まる気がする」

俺の隣には、汗を流すサクラの姿がある。

こうやって早起きをして二人で朝練をするのが、ここ最近の俺たちの日課になりつつあった。

そして基礎練習なり準備運動なりを終えたら、お互いに向かい合う。

俺もサクラも、今一番したいのは戦闘訓練だから、お互いの目的は同じだ。

「今日もお一つ、指南を願おう」

「もちろんですとも」

剣を構え、戦う準備を始める。

サクラが気力を練り始めるのに合わせて、俺は魔法を発動させる。

「身体強化（フィジカルブースト）」

魔法で身体（からだ）を強化するのと、気力で身体を強化するのは、どちらが優れているかという問題は、デザントでも長年議論されている。

俺としては、大事なのは使い分けだと思っている。

どちらにもいいところと悪いところがあるからな。

魔法による強化には即効性があり、事前準備の必要もなく魔力さえ込めれば発動することができる。

そして他人にかけることも可能であり、練達した強化系の魔法の使い手であれば、素人の身体能力を精鋭兵ばりに底上げしてしまうこともできる。

ただし魔法による強化は切れるのも早く、効果を維持したいのなら定期的に魔法をかけ続けなければならない。

かける相手が遠くにいるのなら、飛ばしても外れてしまう可能性もあるし、間違えて敵を強化してしまう可能性もある。

気力による強化は緩やかだが、その分、長く続く。

そして限界まで能力値を引き上げた場合、魔力による強化よりもその上限が高くなりやすい。

自分にしか使えず、防御や速度といった一つのものに特化した強化がしにくいため、咄嗟（とっさ）の時の臨機応変な対応がしづらいこと。

そして肉体と密接に関係するため、実戦で培い続けない限りなかなか力が向上しづらいこと。

大きな難点でいうと、そんなところだろうか。

俺は基本、自分の肉体は気力でなんとかしている。

当たり前だが、魔力は魔法を使えば減る。

身体強化（フィジカルブースト）と攻防の魔法、どちらも使い続けていけばそれだけ魔力が切れるのが早くなる。

なので気力を使いつつ、どちらかが減ってきたら使用を抑えて回復を待って……みたいな戦い方をすることが多い。

けれどたまには強化魔法も使っておかないと、腕がさび付く。

いざ誰かを強化するという時になって使えないじゃ、話にならないからな。

なので俺は久方ぶりに、身体強化（フィジカルブースト）に身体を慣らすために戦いを。

サクラは徐々に練り方が上手（うま）くなりつつある気力の扱い方を、格上の俺と戦って更なる高みへ押し上げるために戦う。

最初は傷つけないようおっかなびっくりだったが、骨折くらいなら構わないとお墨付きをもらってから、俺は手加減するのを止（や）めた。

騎士として生きている彼女に、そんなことをする方が失礼だとわかったからな。

だから俺は今日も、容赦なくサクラをボコボコにする。

……まあもちろん、終わったら回復魔法で治すし、謝るんだけどさ。

「はああぁっ！」

サクラが木剣を構えたまま、前に出てくる。

足を大きく上げ、とにかく勢いをつけた突進だ。

力を込められるよう、剣を水平にし、利き手の右側に寄せる。

「シッ！」

そのまま両腕に溜（た）めた力を解放し、突きを放つ。

狙いは胴体、とにかく攻撃を当てようとする動きだ。

俺は構えた木剣を下げ……思い切りかちあげる。

そしてサクラの木剣の中央部に当て、攻撃の軌道を逸らす。

少し左にズレるだけで、簡単に避けることができた。

サクラは妨害を物ともせず、そのまま飛び上がる。

そして自分の体重を乗せることで、剣を強引に制動させて振り下ろす。

けど地面から足を離すのは悪手だ。

振り下ろしの軌道を読み切り、横に逸れてから思い切りサクラの腹を蹴り上げる。

「ぐうっ!?」

勢いよく数メートルは飛んだサクラが体勢を立て直そうとする動きを、俺は許さない。

身体強化で上げた腕力を振るい、連続で突きを繰り返す。

速度の上がった突きは、同時と見まがうほどの圧力でサクラを襲う。

突いて引く、引いて突く。

そしてその動きを、何度も何度も繰り返す。

動きが最適化され、更に速度を上げていく。

サクラが迎撃態勢を取るよりも、俺が彼女を削りきる方が早い。

明らかに防御姿勢を取るのが遅くなったと判断したところで、俺は彼女の木剣を思い切り弾き飛ばした。

ふぅ、と熱い息を一つ。

ずいぶんと熱が入っていたせいで、少し息が上がっている。

全身に攻撃を食らっているサクラは、ふらふらと立ち上がり笑う。

決してへこたれないサクラの心根の強さに頷き、回復魔法をかけてやる。

女の子の珠の肌に傷が残ってはいけないしな。

……まあ、つけたのは俺なんだけどさ。

「相変わらずアルノードには一撃も入れられないな」

「手を抜くのも違うし、今はまだ攻撃を受けるつもりはないかな」

「やはり、私がもっと身体能力を上げなければ……自分より上手の人間と当たったらどうしようもないな」

俺がサクラ相手に手加減をしないのは、時には理不尽な力を持つ相手と戦う必要があるということを、彼女に教えるためでもある。

格上相手との戦い方を覚えておかないと、強敵と戦う時に詰みかねないからな。

そしてそれは、俺も例外ではない。

気力の扱いや魔力の扱いで人にそうそう後れを取るつもりはないが、世の中には達人と呼ばれるその道のプロフェッショナルが存在する。

俺は以前デザントの剣術指南役の、剣聖と呼ばれている男と模擬戦をしたことがあるが、その時は指一本触れることもできずに負けた。

なんでも俺の身体能力がどれだけ高かろうが、視線や身体の動きから次の動作を予測すれば対応できるということらしい。

正直もう、意味のわからない世界だ。

俺が彼を倒すなら、とにかく彼より高い身体能力で距離を取りながら、魔法で削り続けるしかない。

逆にそれさえできれば、相手が剣聖だろうがなんだろうが完封できる。

こんな風に、戦いというものはいかに自分の強みを出して、相手の強みを出させないかみたいなところがある。

だから今ではどんな魔物ともやり合えるようになったからとはいえ、決して慢心してはいけないのだ。

戦闘技能の向上に終わりはないからな。

それに魔道具造りも一段落つき、俺の手から離れても問題なく稼働するようになった現状、俺もそろそろアレに取りかからなければ。

「もう一本、お願いする」

「もちろん、何度でも」

未だ食い下がり続けるサクラを傷つけては治しながら、俺たちの朝練は続く。

……今ふと我に返ったんだけど、俺キレた侯爵に殺されたりしないよな？

あとでサクラに、内緒にしてくれるようお願いしておいた方がいいだろうか……。

「ふぅ……」

二人でいい汗を流してから、汚れを浄化で取ってから水を飲む。

水魔法で生み出した水は物凄くマズいので、井戸から汲んできてもらったやつだ。

運動後に身体をほぐしてから、立ち上がって場所を移す。

侯爵邸には、来客用のテーブルと椅子が庭に備え付けられているので、そこに二人で腰を下ろした。

サクラは鎧を着けたままだが、もう気にした様子はない。

最初に朝練をした日なんかは、急いで着替えてこようとしたのだが……俺が気にしないとわかるとそのままでいるようになった。

彼女も戦場経験が長くなり、徐々に感覚がバグってきている。

良い兆候だ……いや、平時を思うとあんまり良くはないのか？

俺も世間から見ると少しズレてる自覚はあるから、あんまり人のことは言ってられないな。

「何か食べるか？」

「いや、大丈夫だ。今何かを口に入れてしまうと、朝ご飯が入らなくなる」

「そっか」

俺は彼女の了承を得てから『収納袋』に入れているクッキーを取り出し頬張る。

『遅延』の効果付きの保存用のものなので、中から取りだしたクッキーはまだ温かい。

運動をした後って腹が減るよな。

あと、疲れた時には無性に腹が減ってくる。

俺がテーブルの上にカスをこぼさないように慎重にクッキーを食べていると、執事のブラントさんが紅茶のカップやポットの載ったお盆を持ってきてくれる。

滞在しているうちに、使用人の何人かとも仲良くなれた。

今はもう、晩ご飯を大盛りにしてくれるようお願いしたりもできる仲だ。

「私が淹れるから、下がっていいぞ」

「かしこまりました」

ブラントさんは何も言わず、頭を下げて去っていく。

そしてサクラが立ち上がり、沸騰した湯に茶葉を入れて紅茶を作ってくれる。

子女のたしなみらしく、サクラが淹れる紅茶はたしかに旨い。

蒸らす時間があったり、カップに入れてからもすぐには飲んではいけなかったり、そもそも最初に淹れたカップのものは飲んではいけなかったり……紅茶というのは案外守らなければいけないルールがいっぱいある。

どうやら彼女はその黄金律に従い淹れているから、マズくなることはないのだという。

俺や隊員が淹れたら、そりゃ苦くなるわけだよな。

適当に茶葉ぶち込んで温めて、色がついたら飲んでただけだからな。

最初の一杯は飲んじゃいけないとか、「それなんて引っかけ問題？」って感じだよな。

彼女がやると、味が均一に仕上がる。

紅茶を淹れる時は、細かい秒数だけでなく、茶葉の状態まで考慮に入れなくちゃいけないらしい。

「相変わらず上手いな。今日は少し薄めなのには、何か理由が？」

「アルノードが食べる焼き菓子は砂糖が入りすぎている。そこに濃い紅茶を入れれば、口の中で喧嘩をしてしまう」

「ふぅん、そういうもんか……味なんか濃ければ濃い方がいいと思うけど」

「その考え方だと早死にするぞ……軍人はみんな、そんな感じではあるが」

適当に話をしながらティーブレイク。

二人とも暇な身分でもないので、自由な時間帯というのは結構限られる。

こうして朝と夜に空いている時間を共有するのが、今の俺たちの日課だ。

夜になるとここにオウカが入ってきて、三人で食後のデザートを食べたりもする。

なんというか……平和だ。

こういう安穏な生活が、ずっと続けばいいのにな。

……いや、続けることができるように俺が気張らなくちゃいけないのか。

よし、今日も一日しまっていこう。

ご飯を食べ終えてからは、俺も自分に課された仕事をこなさなくちゃいけない。

とりあえず優先順位をつけているので、高いものから順繰りに処理をしていく。

もちろん最優先で行うのは、白鳳(はくほう)騎士団の鎧の魔法付与である。

これはソルド殿下からの依頼なのでさすがに、俺が手ずからやる必要がある。

シュウたちや他の生産班の奴(やつ)らでも、問題なく『ワイバーンメイル』を作ることはできる。

けど魔道具の効果はどうしても作り手の練度によって変わってくる。

結局俺が作るのが、一番いい物ができるのだ。

リンブルに腰を落ち着けるわけだから、しかるべきところには最高品質の物を届けなくちゃいけないしな。

これが魔道具造りのあんまりよくないところだ。

基本的にワンオフになるせいで、同じ物を作っても製品の性能に差が出てしまう。

例えば『点火』の魔道具でも、俺が作るのとリンブルの魔道具職人が作るのとでは魔力の変換効率が五倍は違う。

いい物を作ろうとすればするほど、職人の腕が必要になってくる。

魔道具造りの業界は、わりとシビアなのだ。

規格とかを均一にすれば、中品質くらいの魔道具を安定して供給できるようにはなるとは思うんだが……それって俺やシュウが手を抜いて、中品質の魔道具を作るのと変わらないからなぁ。

何かいい手はないかと探してはいるんだが、未だ方策は見つかっていないままだ。

今日作業場に持ってこられたワイバーンのスケイルメイルは三つだった。

まだ触媒もつけていない状態なので、これはまだただのワイバーン素材を使った鎧だ。

今は王都の腕利きの職人たち総出で作っているということだから、スケイルメイルの届くペースはかなり早い。

俺の方には割とゆとりがあるが、きっと今頃革職人たちはひぃひぃ言いながら作業に明け暮れていることだろう。

ちなみに作業場は、侯爵邸からほど近いところにある元鍛冶屋の工房である。

かなり金が余っていたので、とりあえず建っている建築物ごと買い上げたのだ。

生産班のみなも、周囲にも金物屋なんかがたくさんあるので、それほど音を気にせず作業をすることができる。

ちなみに魔道具でガチガチに固めているので、防犯対策もバッチリ。

万が一にも盗難の心配はない。

このスケイルメイルは表側は原種ワイバーンの鱗、裏側は原種ワイバーンの皮革でできている。

裏側の皮革は、魔力回路が刻めるように厚く作ってもらっている。

もし失敗したら表面を少し削ればやり直しもできる親切設計だ。

防御力が僅かに落ちるから、もちろん失敗するつもりはないけどな。

裏側の真っさらな、少し茶色っぽい皮革をじっと見つめる。

さて、ここに……どんな魔力回路を描いてやろうか。

魔道具職人には、それぞれ個性がある。

魔道具そのものに対する一家言なんてもんがある奴も多い。

え、俺はどうなのかって？

俺は……ぶっちゃけ、こだわりとかがまったくない。

どちらかと言えば、無個性な方に分類されるだろうな。

俺は魔道具そのものに対して、特に思うことはない。

シュウみたいに芸術家気質なわけじゃないし、使うものとか造るものにめちゃくちゃこだわるタイプでもない。

魔道具っていうのは、色んな効果こそついていても、所詮は道具だ。

そして道具を扱うのは人間。

なので俺は使う人間に合わせて、道具そのものをガンガン変えればいいと思っている。

使い捨てようが大切に扱おうが、好きにすればいいのだ。

そもそも道具は、人間が考えて使わなければただのガラクタなのだから。

俺は割とこんな感じで、魔道具造りそのものを淡々と行うタイプの人間だ。

魔道具製作なんて突き詰めれば作業だと思っているし、それほど楽しいものだとも思っていない。

どちらかというと作ることそれ自体より、それを使っている人が喜んでいるのを見るのに嬉しさを感じるタイプだな。

けど中でも唯一、俺がやっていて楽しいと思えるものがある。

それが——魔力回路作りだ。

魔力回路とは何か。

これは要は、魔力の通りをよくするための魔力の通り道だ。

例えばガチガチに溶接された、鉄の箱を想像してみてほしい。

この真上から、ちょろちょろと弱い勢いの水を流すとどうなると思う？

当たり前だが、箱の外側を通って全体に分散しながら水が下へと落ちていくだろう。

ここで水を上から下に流すことを、一つの作業として考えてみよう。

だとするとこのやり方は、なかなかに非効率なのはわかると思う。

ではどうすれば、もっと効率よく下に水を落とせるか。

簡単な話だ。

水が通るだけの大きさの穴を、鉄の箱に空ければいい。

上面と下面に水が通れるスペースの穴を開ければ、水は鉄の箱を素通りして下まで落ちて行ってくれる。

魔力回路を作るのも、これに似ている。

ただ違うのは、条件設定がいくつもあるってところだろうか。

魔道具を作る際、上から下に魔力を流すだけの単純な魔力回路を作ることは少ない。

簡単な魔道具だと、本当に中に大雑把な回路を作って魔力の通りを良くするってやり方もある。

触媒を使う分、若干コストは上がるが、その分たしかに使い勝手はよくなるからな。

けれどある程度グレードの高い魔道具を作る場合は、魔力を流すだけじゃなく、留(とど)める必要も出てくる。

魔力を拡散させることもあれば、収束させることもある。

魔法的な意味を持たせるために、敢(あ)えて非効率な回路をいくつも刻み、それを一つの魔法陣として動かすこともある。

魔道具全体に魔力が循環しやすくなるような回路を彫り込む必要があるし。

ぶっちゃけた話、めちゃくちゃ考えなくちゃいけないことが多い。

けど俺は、この回路造りの作業だけは飽きることなく割と長時間ぶっ続けで行うことができる。

これ……俺がちっちゃい頃にやってた、迷路作りに似てるんだよ。

まず最初に迷路自体の大きさを決めて、次に始めと終わりを決める。

そしたら後は、可能な限りその限られたスペースの中で攻略の難しい迷路を作る。

魔力回路造りも、やってることは似たようなものだ。

難しい回路を自分から作るんじゃなくて、ギュッと圧縮させると結果的に難しくなっちゃったりだとかいう、細かな差異はあるんだけどさ。

まず瞳に鎧の大きさを焼き付け、それを脳内にインプットする。

そしてその大きさギリギリに作れるような回路をイメージする。

まずは簡単な回路を、そしてその効果が高くなるようにいくつもの新たな回路を付け足していく。

ここで魔力を集めて、それをここで分散させる。

再度集めることで二個の魔法が入れ込めて――。

「ん……」

三つの鎧の回路を作り終えた時には、既に外でカラスが鳴いていた。

空は薄暗くなり、星が出始めている。

もうこんな時間か……やっぱり好きなことをやってる時は、時間が経つのが早いな。

ふわあとあくびをしながら立ち上がる。

長いこと座りっぱなしだったせいで座骨が痛い。

軽くもみほぐしてから、夕ご飯を食べにいくとするか。

ダイニングルームに行くと、既にオウカとサクラが座っていた。

何やら仲睦まじげに話をしている。

こうして見ると、鼻の造りなんかは似ているが、目元は結構違うんだな。

たしか二人は、腹違いの姉妹って話だったよな……。

じっと観察をしていると、視線に気付かれたのか二人がこちらを向く。

スッと手を上げて、俺も席に座らせてもらうことにした。

「よっ」

「アルノード、こんばんは」

「……なんだか疲れてるんじゃないか？　無理して食事に付き合わなくても大丈夫だぞ？」

「いや、平気平気。ちょっと熱入っちゃっただけだから」

一応私室に摘まめる物を持っていってもいいとは言われている。

けど屋敷に来てからは、なるべくオウカたちと一緒に食事を摂るように心がけている。

居候の身だし、ずっと部屋の中に引きこもっていても悪いし。

それにオウカと話せるのって、夕飯時くらいだからな。

彼女も彼女で忙しいらしく、最近では屋敷にいる時間の方が少ないほどだ。

ちなみにアルスノヴァ侯爵は更に忙しいらしく、基本的に顔を合わせることはない。

なんでも王宮で寝泊まりをしているらしい。

時間がゆっくりと流れている侯爵邸だと忘れそうになるけど、現状って結構逼迫してるんだよな。

俺を待っていてくれたのか、着席するとすぐに料理が並び始める。

全体的に肉料理が多めだ。

魚醬(ぎょしょう)なんかの調味料を使っているので、全体的な色味はかなり濃い茶色だ。

完全に俺とサクラの趣味だな。

いつもの通りオウカの皿には、肉よりも野菜が多めに盛られている。

一応テーブルマナーは一通り学んでいるので、皿をナイフで切ろうとしたり、食器が擦(こす)れて嫌な音を鳴らしたりするようなことはない。

「侯爵の首尾の方はどうなんだ？」

「今は地方分派の仲を悪くするための政治工作中とのことです。国王への働きかけとか、寄子たちの寝返り工作とか……」

俺とオウカとサクラが揃(そろ)って話すことと言えば、基本的にリンブルに関することばかりだ。

そもそも女受けする話なんかできないし、二人にちんぷんかんぷんな魔道具の話をしても面白くないだろうから、基本的に俺は聞き役に回ることが多い。

オウカとはリンブルの政治情勢を話すことが多いな。

アルスノヴァ侯爵とはアポが取れないので、俺は最新の情報を彼女から入手させてもらっている。

「そんなに色々やってると、金がかかるだろ。魔道具だってそこまで安いもんじゃないし、経済の方は大丈夫なのか？」

「それはむしろ前より好調って話ですよ。今王党派の領地は割とバブルなので、土地の資産価値がぐんぐん上がってるみたいで」

現王フリードリヒ四世は、良くも悪くも平凡な王様だ。

何事も前例主義と事なかれ主義で裁可をするタイプの王の下、色々ときなくさい国際情勢から、リンブルの経済は緩やかな下降を続けていた。

そしてトイトブルク大森林の魔物の流入によって、一気にガクンと落ちた感じだな。

けれど今はこれから領地を取り戻しに行くぞというイケイケムードが漂っており、俺たちが大量に素材や魔道具を卸しているので金の動きも激しい。

目敏い商人たちはそこに金の匂いを感じ取り、王党派の領地では金貨が飛び交っているという話だ。

実際に領地を取り戻し、安全さえ確保できたなら、東部の各地は冒険者や商人たちなんかが大量に行き来する、新たなモデルの街として生まれ変わるんだろうな。

食後のデザートは、シロップを垂らした桃だった。

もともと瑞々しく少し酸っぱかったはずの桃が、口の中に入れた瞬間にわかるほどの暴力的な甘さになっている。

でもこれ……シロップ自体も、どこかフルーティーな感じがするな。

「この匂い……なんのフルーツを使ってるんだ？」

「桃の香料が少し入ってるんだと思う。同じ匂いがするから」

当たり前だが、今のサクラは鎧姿ではない。

よほど気に入ったのか基本外に出掛ける時や訓練をする時は俺があげた鎧を着ているのだが、屋敷の中に居る時は女性らしい私服を着ていることが多い。

それほどゆったりしているわけではないので、ボディーラインが浮き出ており、微妙に目のやり場に困る。

なのでサクラと話す時は、基本的に視線を彼女の顔に固定させていた。

「前線の方はどうなってるんだ？　魔物の脅威自体は大分減っているとは思うんだが」

「その通り、少なくとも領地奪還を始めた一部の部隊を除いては、それほど大きな怪我をすることもなくなった。商隊の護衛も、一般的な冒険者でなんとかこなせるくらいにはなっている」

「俺が想定してたよりずっと早いな。もっと時間がかかると思っていた」

「それだけこの国が、領地の奪還にかけているということだ」

一応『魔法筒』以外にも、俺は個人的にいくつかの魔道具を騎士団に融通してもいる。

例えば回復魔法の入っている『みるみる癒えーる君』とか、シュウが『サーチ&デストロイ君』をデチューンして作った、『索敵球』なんかがそれだ。

回復魔法の使い手は、全体で見るとかなり少ない。

というか『辺境サンゴ』の中でも、まともに使えるのは片手で数えられるくらいしかない。

そして探知魔法が使える人間は、俺とシュウだけだ。

シュウが『通信』の魔道具にかかりきりになっている現状下、付与魔法も使える人間となると俺しかいない。

これらを作れるのは、現状のリンブル国内では俺くらいしかいないのだ。

ただやることがたくさんあるので、基本的に製作頻度はあまり高くない。

『索敵球』は素材自体は安めのものでなんとかなるが、シュウが使う精密腕を使わない限りできないような細く長い魔力回路を作らなければいけない。

ぶっちゃけ、一個作るだけでめちゃくちゃに神経が磨り減る。

頑張って各騎士団に数個は配ったから、後は頑張ってほしいというのが正直なところだ。

回復魔法の魔道具を作らないのは、矛と盾なら矛の方がずっと大事だからだ。

傷はある程度自然に癒えるけど、戦うための力っていうのは時間経過では手に入らない。

魔物の撃退しかり国内での牽制しかり、世の中は物理的な力がないとできないことが多すぎる。

ゆくゆくはもうちょっと気合いを入れて、人的損失なんかも減らせたらとは思っているが……今はさすがに手が回らない。

それになんでも俺や『辺境サンゴ』に頼りすぎな態勢を作らないようにという配慮もある。

巷にもヒーラーはいるし、教会勤めの神父さんやシスターには回復魔法の使い手も多い。

別に俺らがいなくても回るのなら、無理してやって悪影響を出してもつまらない。

「奪還作戦も、もう始まってるんだな。旗色は良さそうなのか？」

「それを私たちに聞くのか？……『辺境サンゴ』があらかじめ強力な魔物を間引いてくれていたおかげで、順調そのものだ。『索敵球』があるおかげで、魔物の討伐もスムーズになっている。そう遠くないうちに、失陥した土地を取り戻すことはできるだろう」

どうやら『辺境サンゴ』のみんなも頑張っているらしい。

サクラはみんなの勇姿を、臨場感たっぷりに語ってくれる。

彼女も途中から『辺境サンゴ』と騎士団の即席パーティーに合流していたらしいからな。

今は自分のことに精一杯で、クランのことにまで頭が回っていなかった。

どうせ上手くやってるだろうと、心配もしてなかったしな。

久方ぶりに彼女たちの話を聞くことができて、俺は大変満足である。

……それほど時間が経っているわけでもないのに、もうずいぶんと会っていないような気がしてくるな。

とりあえずマジックウェポン作りが一段落したら、戻ってみんなと顔を合わせよう。

これって……ホームシックのようなものなんだろうか。

「みんな早く自由の身になって、アルノードのところに来たいようだ」

「そうか……隊長思いだな、みんな。そんなに義理堅くならんでもいいだろうに……」

「あのー……アルノード殿、それ本気で言ってます？」

……それってなんのことだ？

俺がみんなと会いたいと思っているように、みんなも俺に会いたいと思ってくれているってことだろ？

そりゃあ命がけの危機を何度も一緒に乗り越えてきたし、何度も彼女たちのことを助けてきたし、恩を感じるのも当然と言えば当然なんだけど。

そこまで信頼してくれるのは嬉しいが、俺としては誰一人『辺境サンゴ』を抜けないのに少々複雑な思いを抱いていたりする。

――そう、リンブルに来てから今の今まで、一人として『辺境サンゴ』に脱退希望者は出ていない。

それどころかみんな、このクランで頑張るぞと気炎を上げてすらいるほどだ。

おかげで最近は、親離れできない子供を持った父親のような気分が少しだけわかったような気がしている。

そろそろみんな、自分にしか進めないような人生を歩んでもいいと思うんだけどな。

……みんなと俺の人生が重なっている道を選んでくれるのは、素直に嬉しいんだけどさ。

あのシュウでさえ『辺境サンゴ』を離れようとしないのは、少し驚いた。

ソルド殿下なら、俺よりもいい条件とか出せそうなもんだけど。

「俺も鎧を作り終えたら、さっさと戻らないとな」

「今のペースだと、何時くらいに終わりそうなんですか？」

「んー……あと二ヶ月弱くらいかな」

「騎士団の鎧を揃えるのに、それしか時間がかからないのか。驚きだな」

俺としては、これでも長いと思ってるんだけどな。

拘束され続けるのは、少しばかり困る。

俺がいないと、セリアが契約をしたスケルトンの僕となる、ただのスケルトンの補充ができないのだ。

今のままではセリアの負担が大きくなりすぎる。

悪魔は増やしすぎると問題を起こしがちだしな。

「侯爵騎士団の力はどうだ？」

「以前と比べれば格段に上がっている。団長クラスの実力者であれば、セリアの使うアンデッドと戦って、勝ち越しているぞ」

「ほぉ……それはすごい」

セリアの力はあの『通信』の魔道具越しに多くの人に見られているため、彼女が死霊術士であることはみなの知るところになっている。

悪魔召喚を始めとする各種禁術については上層部のごく限られた人間にしか知られていないけどな。

要らぬ混乱は、俺たちの望むところではない。

けど奪還作戦がもし上手く行きだしたら、遅かれ早かれ悪魔たちは兵士の目に付くことになる。

できればそうなる前に、悪魔を還すか俺が近くに居ようかと思ってたんだが……リンブルも底力はしっかりあるみたいだし、悪魔を還しても問題なさそうだな。

魔法技術では遅れていても、気力の操作に関しては達人級の人間が何人もいる。

彼らにしっかりとしたマジックウェポンを渡せば鬼に金棒、百人力というわけだ。

でもやっぱりそのタイミングをミスれば森から魔物が溢れかねないから、奪還が完了しトイトブルク付近に兵士たちが近付く前に、一度戻りたいな。

王党派が失陥している土地自体は、かなり広い。

それら全てにある程度兵を残すなり、土木作業をして魔物への罠を設置するなりしたら、結構な時間がかかるはず。

そこまで気にする必要はない……か。

戻ってから考えても問題はなさそうだ。

元凶であるトイトブルクに向かうまでには……まあ最低でも一年はかかるだろうし。

「そういえば俺がいなくなってから、何か変化はあったか？　俺の穴埋めってわけじゃないが、騎士団の一部と合流してから揉め事起こしたりとか」

『辺境サンゴ』は俺が抜けるとグッと戦力が下がるので、その穴埋めという形で騎士団の選りすぐりの人間を最前線に近いところへ行かせてもらっていた。

この国の精鋭とメンバーを交流させるという目的もあったんだが……そういえばそっちが上手くいったのかどうかは、聞いていなかったな。

純粋に気になったから聞いただけなのだが、俺の言葉を聞いてサクラは苦虫を噛み潰したような顔をした。

その口から語られるのは、騎士団と『辺境サンゴ』の間で起こった確執だった……。

……あいつら、どうして俺がいないとすぐ問題を起こすんだよ!?


『辺境サンゴ』の面々を取り纏めているのは基本的にはエルルだ。

戦闘能力だけで考えれば酔っ払ったライライが最強だったりするが、そもそも泥酔状態の彼女は目の前に居る敵を思いっきりぶっ叩くくらいのことしかできなくなる。

基本的に一番上に立つのは、強い奴ではなく頭のいい奴とか、余所と交渉ができる奴にすべきだと思っている。

だからエルルに任せれば問題ないと思ってたし、今まで問題も起きなかったんだが……一体何がいけなかったんだろうか？

「そこで乱闘が発生し、一時は死人が出るかと誰もが考えるような惨状になったらしい……」

「どうしてそんなことに……今まで、俺と離れてる時はあんまり羽目を外すような奴らじゃなかったんだが……」

「これは又聞きの話で、そしてできれば気を悪くせずに聞いてほしいのだが――」

まず最初に問題が起こったきっかけは、王党派のとある子爵が供出した騎士団の副団長だったという。

俺たちが支給した魔道具で、街の防衛はできるようになった。

そして俺たちが事前に強い魔物たちを間引いておいたので、進軍をしても以前のような手痛い被害を負うことはなくなった。

その様子に増上慢になったのか。その副団長はこう言ったという。

「これならもうデザントの力を借りる必要などあるまい。そもそもそんなものなどなくとも、我らだけで十分に国防に足りていたのではないか……？」

気力操作の達人の多い野営地でそんなことを言うあたり、そいつは本当に能がないんだろう。

当たり前だがそいつの言葉は、『辺境サンゴ』の隊員ほとんど全員に届いていた。

だが最初は、それでもまだ耐えていたらしい。

みなの堪忍袋の緒がプツンと切れたのは、その次の言葉だった。

「あんな得体の知れない魔導師などさっさと国元に還してしまえばよいのだ。おまけにあの一行には黒魔導師もいるというではないか……」

真っ先にキレたのは、なんということかエルルだったらしい。

多分誰よりも責任感が強いせいで、我慢ができなかったんだろうな。

自分がリーダーを務める『辺境サンゴ』のセリアを馬鹿にされては、引けなかったというのもあるかもしれない。

冒険者稼業を続ける以上、他人から舐められないというのも重要になってくるからな。

「団長と一緒に私たちが戦い、平和を取り戻したこの場所で！　よくそんな言葉が吐けるな！　おまけに黒魔導師だと!?　恥を知りなさい、この外道！」

彼女は俺が絡まなければ基本的には温厚だが、一度スイッチが入るとどうなるかまったく予想がつかないからな……。

エルルはその副団長と模擬戦を行い、顔の原型がなくなるほどボコボコにしたらしい。

それにキレた隊員が出張り、エルルがそいつらを返り討ちにし。

その仲間の騎士団がやってきて、さすがに多勢に無勢だと『辺境サンゴ』の面子が出張り……乱闘になったと。

誰も骨折以上の怪我はしてないから、手は抜いていたんだろうが……にしてもやりすぎだ。お貴族様には手を出さなかったらしいが……騎士の叙勲を受けている時点で、一代限りの騎士爵はもらっている。

準貴族をボコしている時点で、かなり面倒になりそうだ。

あいつらにももうちょっと、戦い以外のことを教えるべきかもしれないな。

一段落したら、一般常識から教えなくては。

「むしろ俺が現地まで謝りに行きたいんだが」

「その必要はないぞ。『辺境サンゴ』への労いとして、ソルド殿下とアルスノヴァ侯爵の連名で報奨金が送られている」

「……それで手打ちに、ってことか？」

「さすが話が早いな。そうだ、どっちも悪かったから、お金で解決。大人のズルくて賢い処世術、というやつだな」

偉い人間は、騎士の部下がしでかした不始末をなんとかしなくちゃいけない。

けれど立場上、頭を下げることもできない。

自分の名前で金を出すから、お互いここで喧嘩両成敗で矛を収めてくれってところか。

……セリアも使い魔くらい出せるだろうに、俺の方にまったく連絡が届いていないのは一体どういうわけだろうか。

ソルド殿下の方も、一声かけてくれてもいいだろうに。

「アルノードがそれだけ大切に扱われているということだ」

嬉しいやら悲しいやら……どんな感情で受け止めればいいいか、判断に困る。

食事を終えてから一度部屋に戻り、腹ごなしに軽く運動をする。

満腹が一段落したら、寝る前のお風呂の時間だ。

仕事をして、いっぱい食べて。

風呂に入って、ぐっすり寝る。

これぞ理想の一日って気がしてくるぞ。

俺は一応屋敷の中では食客の扱いらしく、使用人たちよりも先にお風呂に入る権利が与えられている。

侯爵→オウカとサクラ→俺→使用人
って感じだ。

別に厳密に決まってるわけじゃないらしいから、俺は割とどのタイミングで入っても問題ないらしい。

俺は風呂が好きだ。

薪で沸かすのも好きだし、温泉を掘り出して露天風呂なんてのも大好物である。

以前出張で行った時の天然風呂はよかったなぁ……なんで自然に湧いてるお湯だと、疲れが取れるような気がするんだろう。

変な匂いがしていかにも効きそうだから、そんな風に感じるだけなのかもしれないけど。

準備といっても、入浴に必要な道具はすべて風呂場に用意してある。

俺が持ってくのは、自前のパジャマくらいなものだ。

この屋敷にも慣れたもので、今では広い邸宅のどこをどう進めばいいかがはっきりとわかる。

以前道に迷って、メイドさんに聞き笑われたのも、今ではいい思い出だ。

ちなみにメイドさんは楚々とした人だったので、笑われてもまったく嫌な気分にはならなかった。

メイドさんに美人しかいないのは、いったいどうしてなんだろうか。

どうでもいいことを考えながら歩いていると、すぐに風呂場にたどり着いた。

わくわくしながら、引き戸になっている扉を開く。

そこには——バスローブを着ている、サクラの姿があった。

「ふっふーふふっふーん……」

サクラは『送風』の魔道具であるドライヤーで髪を乾かしながら、上機嫌で鼻唄を歌っていた。

微妙に音痴なのが、愛嬌があっていいと思う。

自分の世界に入っているからか、その目は閉じられている。

抵抗なく指を通す髪のサラサラ具合も、湯上がりでほんのりとピンク色になっている頬も、なんだか無性に色っぽく感じてしまう。

少し入浴タイミングをマズったか……と一人反省していると、サクラが目を開ける。

そして鼻唄を歌ったままこっちを向き——そのままフリーズした。

「――えっ!?」

「ごごごめんなさい！」

俺はキョドりながら、摑んでいた引き戸を戻して急ぎドアを閉める。

この場を去るべきか留まるべきか悩んでいると、ドライヤーのぶぅんという唸るような音が消える。

そして扉の奥から、か細い声が聞こえてきた。

「いや……私の方も、少しばかり入浴時間を過ぎていた。謝らなければいけないのは私の方だ」

「いやいや、時間のゆとりを持たせずに入りに来た俺の方が、絶対悪いから。女の子なら入浴後のあれこれにも時間がかかるだろうに、そこまで気が回らなかった」

「いやいやいや」

「いやいやいやいやいや」

押し問答が続き――どちらからともなく、プッと笑い出す。

引き戸が開き、中からサクラが顔を出す。

バスローブ姿なのを気にしているのか、開いた隙間はほんの少し、わずかに顔が覗く程度しかなかった。

「と、とにかく……アルノードは気にする必要はないからな」

「ああ、わかった……じゃ、じゃあちょっと適当に散歩してから、また来るわ」

「ああ、十分くらいぶらついていてくれると助かる」

なんとなく、引き戸越しに見つめ合ってから……どちらからともなく戸から手を離し、別れる。

うーん……とりあえず、なんとかなってよかった。

――バ、バスローブで残念だったとかは、思ってないからな！

……ほんのちょっぴりしか。


「ほれ、冷やした手ぬぐいだ。身体の火照りが取れるぞ」

「ありがとう……」

いつものように日課の朝練を終え、手ぬぐいで汗を拭く。

使用人たちが起き出す時間になったからか、屋敷の中から生活音が聞こえ出す。

この人が生きてるって感じ、なんだかいいよな。

「んーっ！」

グッグッと全身の筋肉を伸ばす。

筋がおかしくならない程度に、手の力も付け足して身体を曲げていく。

運動する前のいわゆる動のストレッチも大事だが、運動を終えてからの静のストレッチというのも案外大切だ。

するのとしないのとでは、次の日の身体の強ばりが全然違うからな。

「よし、それじゃあ押してくれ」

「わかった――ふんっ！」

地べたに座り大股で足を開いた俺の背中に、グッと力強い感触が。

サクラの両手で背が押され、上半身がグッと前に押し出される。

彼女が自重を乗っけてのしかかってくると、身体はぺたんと地面にくっついた。

「アルノードって、かなり身体柔らかいよな……」

「硬くていいことなんて一つもないからな。日々のストレッチは割と大切だと、俺は思う」

最近ではサクラは、特に抵抗なく俺の柔軟運動の手伝いをしてくれるようになった。

最初は殿方の肌に触れるなんて……と令嬢特有のおしとやかさを発揮させていたが、身体のメンテナンスのために必要だと説明をしたら、ちゃんと納得してくれた。

それでも初めの頃は相当おっかなびっくりだったが、やっぱり人間は慣れるものだ。

今では抵抗なく全力で背中を押してくれている。

こちらの柔軟が終われば、次はサクラの番だ。

既に鎧を脱ぎ終え肌着になった彼女が、まずは立ったままグッと身体を前に曲げる。

柔軟を始めてからまだそれほど時間が経っていないので、地面に手をつけるまではいかない。

ギリギリくるぶしのあたりまでで止まる。

次にさっき俺がしたのと同じように、地面に座り足を開く。

右足に向けて身体を曲げ、同じように左側へ。

そして最後に真ん中にぐぐっと上体を傾ける。

ある程度筋が伸びているのを確認してから、後ろから背中を押す。

一気にやりすぎると筋が伸びきったり、下手をすれば断裂してしまったりすることもあるため、注意が必要だ。

「んーーーっ！　い、痛いぞ！」

「痛いってことは、それだけ筋が伸びてるってことだ」

こういう内側の痛みっていうのは、戦闘でできる外側の痛みとはまた違った感覚だ。

俺は外傷に慣れているから骨折した状態でも魔法は使えるが、内側が痛めばなかなか魔法は使えない。

どうやらここ最近でかなり戦闘慣れしてきたサクラでも、こいつには耐えられないらしい。

どんな化け物も、内側は案外脆(もろ)いものである。

……そんなためになるようなならないようなことを、頭を必死に回して考えているのは、俺の中にある煩悩を思考で強引に追い出しているからだ。

このストレッチの時間は、俺にとってめちゃくちゃ緊張するし、神経を使う。

何せ……こうやって女の子に触れるのに、慣れてないからな。

グッと身体を前に押し出して背中を押すと、サクラのやわらかい身体の感触がダイレクトに伝わってくる。

運動して汗を搔いたはずなのに、まったく嫌な香りはしない。

それどころか、汗と彼女のつけている香水の匂いが混ざり、クラクラするようなとんでもなくいい匂いがする。

女の子って、どうしてみんなこんないい匂いがするんだろうか。

これは本気で、人間の七不思議の一つに数えることを検討するべきかもしれない。

煩悩退散、煩悩退散……鎮まるんだ、俺の心よ。

「ま、こんなもんだな」

「ふうーーっ……アルノード、痛かったぞ」

「痛いところまでやらないと、柔らかくならないんだよ。だからそんな目で俺を見ないでくれ」

ストレッチを終えると、サクラが非難の目で俺を見てくる。

正直、そんな顔するなら、俺に手伝ってほしいって言わないでくれよと思わなくもない。

けれど『辺境サンゴ』のみんなとのふれ合いの中で、俺は正論は感情の前に意味を成さないということを知っている。

感情的な相手を、論理で説得することなどできないのだ。

もしかしたら戦争がなくならない理由も、そういうところにあるのかもしれない。

……と頑張って心頭滅却しているうちに、ストレッチが終わり、朝ご飯の時間になる。

サクラとはこの屋敷に来てから、ずいぶんと打ち解けられた気がする。

やっぱり同じ時間を共有することって、人と仲良くなるためには大切だよな。


「今日は王都の大通りで市をやっているんだ、もしよければ一緒に行かないか？」

「ん、いいぞ」

ペコペコの腹を満たしてやるために飯をひたすらかっこんでいると、サクラにお出掛けのお誘いを受けた。

断る理由もないので、即決。

速攻で答えを返し、再度食事に戻る。

そんな俺たちの様子を見て、オウカが笑っている。

「この屋敷に来てから、アルノード殿はずいぶんサクラ姉様と仲良くなりましたね」

「そうか？……まあ、そうだな。距離は大分近くなった気がする」

一緒に出掛けることと、そのために少し仕事を詰めなくちゃいけないことに、特に抵抗を覚えなくなったくらいには。

思えば、俺って成人してから割と働きづめだった。

バルクスに入ってからは、ある程度睡眠時間も削って戦い続けてたし……バルクスでゆっくりできるっていうのは、ちゃんと睡眠が取れるくらいの意味合いだったしな。

休みができて戦わずによくなった場合だって、みんなのマジックウェポンの補修だったりとか、貴族特有のめんどくさい社交事情だったりとか、そういう理由で俺個人として使える自由な時間というものはほとんどなかった。

あれ、てかもしかして……俺ってこんな風にゆとりある生活をするのって、初めてなのか？

……今までがゆとりがなかったかと言われると、違うとは思う。

たしかに時間的な余裕はなかったかもしれないが、別に俺は精神的に追い込まれたりはしていなかった。

だがこうして冷静に考えてみると、これだけまったりとした時間が流れてるのは、俺の人生史上初めてな気がしてくる。

ただ朝から夜まで魔道具造りをしてるだけでいいとか、なんてホワイトな環境なんだ。

これがスローライフってやつなのかもしれない。

……いや、さすがに違うか。

「でもサクラも強くなったよな」

「そうか？　アルノードと戦っていても別に実感はないが……」

「いやいや、前とは全然違うぞ」

サクラの気の練り方は以前よりもずっと上手くなっている。

多分今なら、前に俺が倒した強盗の……えっと、名前はなんて言ったっけ……そう、ゲイリーだ。

今のサクラならあのゲイリーを相手にしても、対等以上にやり合えると思う。

それに強者との戦いが、気力操作の上達には一番効率がいい。

生体エネルギーである気力は、割と使用者の命の危機なんかに直結している部分がある。

俺と戦うことで、以前よりサクラはずっと強くなっている。

……そうか、こうやっていればクランメンバーを効率良く育成することもできるってことだよな。

魔物と戦うことに意識を向けすぎていたせいで、やっぱり色々なところがおろそかになってたのかもしれない。

今度から、ちゃんと模擬戦や対人戦を訓練内容に組み込む必要があるな。

「なんだ、アルノード。また仕事のことでも考えているのか？」

「ああ、もちろん。それ以外に何を考えるというのか」

「わかってる。アルノードがそういう奴だって」

俺のことがよくわかってきたみたいじゃないか。

……この仕事人間っぷりは、絶対に改善した方がいいよな。

何か、没頭できる趣味でも見つけてみようかなぁ……。

なぜかはわからないが、一度屋敷を出てから通りで待ち合わせをしようということになった。

一緒に行けば手間が省けて楽だと思うんだが……やはり女の子はわからないことだらけだ。

待ち合わせの十分ほど前に到着し、とりあえず立っておく。

飛んでいる蝶々(ちょうちょう)を見てぼーっとしていると、待たせてすまないと後ろから声がかかる。

「俺も今来たところ――」

そのまま続く言葉は、喉の奥でつっかえた。

サクラの今の格好は、まるで別人のようだった。

後ろから見れば、本人だとは気付かないかもしれない。

フリフリとした、かわいらしいスカート。

前髪は左側に流していて、上に着ている長袖は石楠花(しゃくなげ)の花柄だった。

化粧をしているのか、肌はいつもより白く、チークの塗られた頬はいつもより少しだけ赤みが強い。

元々白かった肌は、今や陽光全てを反射してしまいそうな勢いだ。

「……ど、どうだろうか。や、やっぱり似合っていないよな！　今すぐ着替えを――」

「いや、似合っている……と、思うぞ」

真(ま)っ直(す)ぐ見つめることはできず、視線をひらひらと飛んでいる蝶に固定させながら言う。

素直に褒めることができず、目を見て素直にかわいいと言えない俺を笑ってくれ……。

鎧姿や、鎧の下に着ける肌着の格好、食事の際の貴族令嬢らしいドレス。

どれも似合っていると思うが……今回のかわいらしい格好は、それらとはまた趣の違った良さがある。

女の子の女の子らしい格好って、異性が見るとドキッとすること多いよな。

「そ、そうか……それならよかった……」

「ああ……じゃあ、行くか」

俺たちは朝練をしている時やご飯を食べる時よりも距離を取りながら歩き出す。

いつもと雰囲気が違うせいか、どうにもぎこちなくなってしまう。

いかんいかん、こういう時は男の側がリードするものだと、前に本か何かで読んだことがある。

気まずくならないよう、俺の方から積極的に行かなくては。

……あれ、でも俺が読んだのはたしかデートの手引き書だったな。

そういえば、これって……デートになるのか?

市場を特に何の目的もなく歩いていく。

ぶらぶらとあてもなく、人の流れに沿って進んでいく。

特に目的がないまま外を歩いたりすることは、一人の時はほとんどない。

俺の場合、買い物に出掛ける場合は何を買うかを決めてからのことが多いからだ。

「お、見てくれアルノード。見たことのないお菓子が売っているぞ」

「焼き菓子……か？　少しばかり色が毒々しいが。店主、二つくれ」

「あいよ、お代は銀貨二枚ね！」

少し高いな……とは思うが、ケチるのも違うだろう。

とりあえず目に付いた焼き菓子を二つ買う。

一方をサクラに手渡すと、彼女は財布を取り出そうとしてきた。

いらないぞと目で訴えてから、それでもポケットに入れたサクラの手を無理矢理引っこ抜く。

そこまですると、さすがに観念したようだった。

「――ありがとう、アルノード」

「おう」

手に持っているまだ温かい焼き菓子は、とても人間が食べるものとは思えない色をしている。

下の方は普通のパウンドケーキなのだが、上に深緑色の何かがかけられている。

一体何を入れたら、こんな色味になるんだろうか。

砂糖は安くはないとはいえ、一つ銀貨一枚は結構ぼったくり価格だ。

目を引くことに全力を注いだ結果、この苔みたいな色合いにたどり着いたのだろうか。

人間の業とは、なんと深いものなのだろう。

「もぐもぐ……うん、普通だな」

「当たり前だが、うちのパティシエが作ったケーキの方が美味しいな」

「侯爵家の料理人と比べるのは酷だろ。にしてもこれ、甘ったるいな……どこかで飲み物買ってこよう」

そのまま飲み物を買いに行くと、今度はサクラが奢ってくれた。

サクラってこういうところ、しっかりしてるよな。

俺の知り合いは基本、金銭管理がザルな奴ばかりだ。

だからこういったやりとりをするのは、なんだか新鮮な感じだ。

「食べてばっかりだな……今日の夜飯、入るか不安になってきた」

「アルノードはいつも私の倍くらい食べるじゃないか。問題ないんじゃないのか？」

「魔導師は身体が資本だからな、多分普通に入るとは思うんだが」

「なんだその格言めいた何かは。私はそんなの、初めて聞いたぞ」

王都の大通りだけあって、どの店も割と品揃えがいい。

リンブルは今、絶不調だった景気を若干持ち直しつつある。

期待感のおかげで、街行く人たちの顔色は明るい。

遠くから来た商人たちも、今のうちに王都に根を張れば旨い汁が吸えるかもしれないと頑張っているようだ。

どこも見たことのないような物ばかり出しており、正直あれもこれもとかなり目移りしてしまう。

そして今や俺の財布は、実質無限。

大量に素材や魔道具を売ったせいで、自分でも資産総額がわからないくらいだから、金に糸目をつける必要はない。

だが俺が買うものは、どうしても種類が固定されてしまう。

そもそも魔道具みたいな高級品は自分で作った方がいい物が作れるため、結果買う物は食べ物や雑貨ばかりになった。

とりあえず目に付いた珍しいものは全部食べたから、割と腹がパンパンだ。

空を見れば、日が傾き始めている。

夜飯の前に軽く運動でもして、腹を減らした方がいいかもしれない。

一通り出店を見終えた俺たちは、とりあえず近くにあったベンチに腰掛けていた。

最初に感じていた気まずさは、一緒に色々な物を食べてるうちに消えていた。

今ではもう、目を見つめられても急に逸らしたりするようなこともない。

そりゃちょっとは焦ったりはするけどさ。

「いやぁ、人混みの中を歩くのは疲れるな……」

「王都や東部だと、人口は増加傾向にあるらしい。治安が悪くなるのは考え物だが、経済が活発化する側面もあるのはありがたいな」

俺は純粋な感想を言っただけだが、サクラはどうやら通りを歩いているだけでも色々と考えることがあったらしい。

……サクラもサクラで、結構仕事中毒だよな。

でもずっと働いてると、マジで気の抜き方を忘れるんだよ。

彼女の気持ちも、正直痛いほどわかる。

「サクラももうちょい、気を抜いた方がいいんじゃないか？」

「――ふふっ、それをアルノードが言うのか？」

「いやまあたしかに、俺が言えた義理じゃないけどさ……」

「冗談だ、親身になってしてくれた忠告には、しっかりと耳を傾けるとも」

二人で軽く笑い合い、なんとなく前を向く。

通りの外れの方では、何やら怪しげな魔道具を売っている露店があった。

耳を澄ませば、カンカンと槌を叩く音が聞こえてくる。

王都は活気に満ちている。

色んなことが、いい傾向へ向かっているおかげだ。

この活気を作る手伝いができてると考えると、少しだけ誇らしい気分になってくるな。

「アルノードには……」

サクラはもにょもにょと口を動かすだけで、そこから先の言葉を続けなかった。

俺がいったいいなんだというのか。

不思議に思っていると、彼女がスッと座る位置を変えた。

サクラは音もなく、俺の方に近付いてくる。

ふわりとした、嫌みのない花の香りが鼻腔をくすぐる。

俺の方を上目遣いで見上げながら、サクラはゆっくりと口を開く。

「アルノードには……好きな人は、いるのか？」

「好きな人、か……」

「あ、答えにくい質問だったらいいんだ！　無理して言う必要は――」

「いや、別にそういうわけではないんだけどさ」

好きな人……と言われて、誰が頭に思い浮かぶだろうか。

パッと脳裏に浮かぶのは『辺境サンゴ』のみんなだけど……サクラが言ってるのって多分、そういうことではないよな。

「少し、自分語りをしてもいいか？」

「ああ、もちろん。そういうものが必要な質問をしたのは私だからな」

「俺が昔孤児だったって話はしたと思うが……」

「……いや、初めて聞いたぞ」

あれ、そうだったか。

最近は出自を気にすることもなくなった。

孤児院出身であることを恥ずかしく思っていた時期もあったが、もうそのへんは乗り越えてる。

言われなければ思い出すこともめったにないくらいにな。

大切なのは、昔より今、そして今より未来だと思っているから。

それにそもそも、俺の持つ力や技術を知りたがる人はいても、俺という人間のことを知りたがる人なんかほとんどいない。

つまり何が言いたいのかというと、サクラは大分物好きな人間ってことだ。

「まあ俺は孤児だった。だから小さい頃は孤児院に居たんだが……その時には好きな子はいたよ。告白したらフラれたんだけどさ」

「その子は見る目がなかったな。今のアルノードを見れば、逃がした魚がどれだけ大きかったかを知って悔やむだろう」

「そこから先は……ぶっちゃけ少し怖いんだよ」

「何がだ？」

「何って……女の子が」

「……」

サクラは俺の方を見て、きょとんとした顔をしてから……急に前屈みになり、プッと笑い出した。

まるで堪えきれなかったみたいに。

全身を震わせながら笑うサクラは、少し落ち着いてから姿勢を戻し、キリッとした顔に戻る。

さっきのを見ているので、全然しまって見えなかった。

「どんな魔物を相手にしても怖（おそ）れの一つも抱かないアルノードに、まさかそんな弱点があったとは」

「笑うなよ……だからあんまり、人には言いたくなかったんだ」

いい大人が若干女性恐怖症気味だなんて、なかなか言えないじゃないか。

ちなみに女の子は怖いが、『辺境サンゴ』にいる女子たちは別だぞ。

元は部下と上司だったが、彼女たちはどちらかと言えば妹のような存在だからな。

でもなんだかやりこめられたみたいで嫌だな。

……少し意趣返しでもしてやるか。

「それならサクラの方はどうなんだ？」

「私か？」

「ああ、サクラには好きな人とかいるのか？」

「……いる、ぞ？」

「いや、なんで疑問形？」

サクラ、好きな人いるのか。

それっていったいどういう感覚なんだろう。

なんか会話内容が女の子っぽい気もするが、たまにはこういうのもいいだろう。

ほれ、今度はそっちのターンだ。

「サクラが好きな男っていうのは、どんな奴なんだ?」

「それは……内緒だ」

いきなり核心に踏み込むのは、まだ早いらしい。

それならまずは外周から、一歩一歩進んでいこう。

「じゃあちょっと話を戻してさ、今じゃなくて昔はどうだったんだ?」

「昔?」

「ああ、誰だって一度や二度は、誰かを好きになったことくらいはあるだろ?」

「昔か、そうだな……」

少し悩んでから、サクラは何人かの名前を挙げた。

彼らの名前を聞いて、今度は俺の方が笑い出す。

「笑うなよ、アルノード。お前も人のことを言えないぞ」

「あー、悪い悪い。たしかに我慢しようとしても、つい笑っちゃうなこれ。我慢しようとすればするだけ、逆にできなくなる」

サクラが挙げた名前は全員、おとぎ話の中に出てくる英雄たちだった。

例えばそれは、悪いドラゴンに連れ去られ、塔の中に幽閉された姫を救い出す騎士だったり。

疫病を蔓延(まんえん)させた悪い魔女を討伐した英雄だったり。

魔物の王である魔王を討伐した勇者だったり。

女の子が好きな、庶民が白馬に乗った王子に見初められるような話に出てくる人の名は一人も出なかった。

好きな人はみな、おとぎ話の中の豪傑ばかりというのが、なんだかサクラらしい。

「そういう話が好きなんだから、しょうがないだろう……」

「ああ、いいんじゃないか？　俺とはそっちの方が話が合うしな。でも侯爵とかはそれを許してくれたのか？」

「もちろん最初は許されなかった。だから父上に内緒で本を買い集めていたな。そしてバレた時には既に私がどっぷりと沼に浸かっていたから、認めざるを得なくなった感じだ」

にしても、サクラの本の趣味は割と男っぽいんだな。

たしかに時々、男装の麗人かと思うほどにきまっている時もある。

どちらかというと、男性脳なのかもしれない。

……などと考えていると、サクラが眉間にシワを寄せて唸った。

どうやら何を考えているか、察したらしい。

なぜバレたし。

「一応言っておくがなアルノード。私はお前ほどガサツじゃないし、女を捨てているわけでもないぞ」

「も、もちろんわかってるって。だからそんなにキツい視線で睨まないでくれ」

「一通り裁縫はできるし、ダンスはオウカより上手いぞ。……殿下が開いたパーティーの時に、披露することができればよかったんだが……」

「たしかにその頃は、サクラは各地を飛び回ってたもんな」

無論サクラを完全に女を捨てたような人だと思ってはいないぞ。

だって朝練の時とかも、なんでこんなに心がざわつくんだろうっていうくらい、いい匂いがするし。

市場で食っていた時なんかは割と砕けてはいたが、みんなで会食をする時はきっちりとテーブルマナーも守っているしな。

少しばかり食べる量が多いだけで、普通の貴族の子女と変わらないだけの気品は持っていると思う。

「たしかに軍隊暮らしが長くなってきたせいか、若干男勝りになっているところはあるかもしれないが……私だって花も恥じらう乙女なんだぞ！　わかっているのか、アルノード！」

そんなに執拗に確認しなくても、もちろんわかってるって。

な、なんでそんなに焦ってるんだ？

何回も言わなくても、平気だから。

だから落ち着いてくれ、ごめん、俺が悪かったから。

「ふーっ、ふーっ……」

なぜかものすごく必死になって弁明をしていたサクラを落ち着かせる。

結構汗を掻いていたので、浄化(ピュリファイ)をかけて身体を清潔にしておくことにした。

とりあえず、今後しばらくサクラに恋愛系の話はＮＧだな。

どこが逆鱗(げきりん)かわからず、彼女を怒らせてしまうかもしれないし。

「サクラが……」

「なんだ？」

「サクラが騎士になったのは、やっぱりそういう話が好きだったことと関係あるのか？」

少し話題を変えてみることにした。

サクラの生い立ちについて、結構気になってたんだよな。

普段の会話だと、ここまで切り込んだ話をすることはない。

今がいい機会だろう。

話が真面目な雰囲気になったのを察し、サクラも表情をキリリと整える。

こういう空気が読めるところは、一緒に居て楽だよな。

「そうだな……アルノードは私の母親が側室だということは知っているだろう？」

「ああ、聞いたことがあるな」

「私は侯爵家では長女だが、爵位の継承権においては次女のオウカ、そして長男のティンバーに次いで第三位にあたる。どちらも病気を持っているわけでもないから、もしオウカの継承が無理でもティンバーに継がせればいい。となると私が家に残っているかどうかは、侯爵家にとってそれほど重要ではない」

通常、継承権が後ろの方になっている貴族家の子供たちは家を追い出されることが多い。

けどそれはあくまで普通の貴族ならという話。

アルスノヴァ侯爵家くらいの大貴族になると、家の者を抱えておいた方が便利なことも多い。

名代として派遣させることもできるし、代官だって知らぬ人間に任せるより息子や娘に任せた方が信頼が置けるしな。

けどいくら女性の権利がデザントと比べると強いリンブルであっても、やはり貴族家の女性というのは婚姻政策のために他家に嫁ぐ者が多い。

サクラはそれを嫌い、父親の反対を無視して第一騎士団の入団テストを受けた。

そして合格し、その中でも優れた者として『聖騎士』を名乗ることを許されたのだという。

けれどその話をしている最中のサクラの顔は、どこか暗かった。

それは自分で運命を切り開いた女傑の表情ではない。

「どうしたんだよ、そんなしょぼくれた顔をして」

「いや……すぐ後になって、知りたくない事実が判明したのを思い出したのさ。私が『聖騎士』になれたのは、父の口利きあってのことだった。『聖騎士』の中でも高い序列が手に入ったのも、実力ではなく縁故だった。所詮実家の柵(しがらみ)からは逃れられないのだなと、以前までは諦めていたんだ」

サクラは王国軍の中でも優秀な第一騎士団の『聖騎士』を拝命したが、それは侯爵家と王家との間の交渉あってのことだった。

サクラは騎士団内での地位こそ高いものの、実力は見合っていなかった。

父の強い希望で、サクラは前線に立つことすらほとんどなかった。

サクラは完全に、お飾りの『聖騎士』だったらしい。

それを情けないとは思いつつも、父の好意を無下にすることもできず、日々を過ごしていたらしい。

「けれど私はそこで……アルノードに出会った。そこで私の、全てが変わったんだ」

「全てって……そんな大げさな」

「大げさなものか！　私は大真面目だぞ」

サクラは俺の方をジッと見つめている。

その瞳に、嘘(うそ)はないように思えた。

でも……俺はサクラの人生が変わるようなことを、しただろうか。

「まず私の『聖騎士』としての一生が終わりかけているところを、アルノードに助けてもらうことができた。そして私はアルノードと知己になれたということで陛下からの覚えもめでたくなった」

そうだよな、なんだか懐かしささえ感じてくる。

オウカが攫われてあたふたと店回りをしていたのが、ずいぶん昔のことのように思えてくる。

たしかにあの時、俺と出会えてなかったらサクラは大変なことになってたかもしれない。

嫡子を誘拐された肉親の護衛。

要らぬ疑いをかける人間だっているだろうし、その実力を信じる人間はいなくなるだろう。

「だが一番私の心を揺さぶったのは……やはりアルノードの力、だな」

「……戦闘能力ってことか？」

「純粋な戦闘能力だけではない。使う魔法の緻密さや、練る気力の滑らかさ。私は魔法にも気力にも自信があったのに、自分の実力がどれだけちっぽけなものなのかを、教えてもらったよ」

私が最近魔法を使わないのも、アルノードの影響なんだぞと彼女は続けた。

なんでもどちらも使っていては、器用貧乏になりかねず、成熟するまでには時間がかかるからということらしい。

なので今は気力だけを使うように心がけ、まずは一流の戦士として成長することを目指しているんだと。

その際に参考にしたのは『辺境サンゴ』の面々ということだった。

たしかに彼女たちの中には、入りたての頃はサクラより弱かった者もいる。

そのやり方は、間違っていない。

現に今も、サクラの実力は上がり続けている。

人っていうのは、当たり前だけど戦えば戦うだけ強くなるからな。

万全な治療体制で怪我人を治せる状態下、怪我をしてでも魔物と戦い続ける今のリンブルの環境は、強力な兵を育てるのに適している。

「私はずっと、ハリボテの騎士だった。お父様の名前で騎士にしてもらっただけの存在だった。でもそれを、アルノードが変えてくれた。知っているか？　今では私は、第一騎士団の中でもかなり実力が高いんだぞ？」

「ほう、それならゆくゆくは団長も目指せるかもな」

「団長、か……」

「なんだ、あまり出世には興味がないタイプか？　ちなみに俺もそうだ」

「いや、別にそういうわけではないんだが……」

言い淀んだまま、サクラは立ち上がる。

起立を促された俺も立ち、歩き出す彼女の後ろをついていく。

相変わらずにぎやかな通りを歩いていると、さっき食べた焼き菓子の露店のおっさんが、こちらを向く。

あんたらも好きだねぇ、と笑っていた。

余計なお世話だ、この野郎。

「私はどうするのがいいのか、少し悩んでいるんだ」

「それは……前に言ってた、代官がどうとかって話か？」

「いや、違う。私はアルノードを知っている。だからアルノードを国外追放できるようなデザントがどれだけ余裕のある国なのかも、肌感で理解できている」

「なるほど……」

デザントとの差があまりにも大きいことをしっかりと理解している自分が、ただトイトブルクからやってくる魔物を倒しているだけでいいのか。

何か他にも、自分にできることがあるのではないのか。

サクラの抱えている悩みとは、つまりはそういうことらしかった。

前線で魔物を相手に戦っているだけでいいのか、という疑問を覚えるのは当然のことだと思う。

まだデザントに居た頃は、俺だって似たようなことを考えたことがあるからな。

でも俺には第三十五辺境大隊が居たし、言い渡された任務があったし、他にやりたいこともなかったからそれを続けていた。

今思い返してみると、ある種の惰性のようなものだったのかもしれない。

現状を鑑みれば、別に抜け出そうと思えばいつだって抜け出せたはずなのだ。

けれどサクラの場合は、俺とは根本的な事情が違う。

何せ父に侯爵を持つのだから、基本的に彼女はしたいことが割となんでもできる立場にある。

王権がそれほど強くないリンブルでは、アルスノヴァ侯爵の言葉は下手をすれば王家のものより重いような時もある。

「でもそれなら何をするんだ？　偉い人たちへの注意喚起とかになるのか？」

「それは……まだわかっていない。上手く言えないと思ったから、言わずにいたんだぞ……」

非難がましい目で見てくるサクラにすまんと謝ると、なぜか怒られた。

そこは謝る場面ではないと彼女は言う。

サクラは俺に、どうしろと言うのか。

――少し考え方を変えるか。

もし俺がサクラだったとしたら、いったい何をするだろう。

やはり一番にやるべきことは……俺に取り入って、技術を盗むことだろうか。

そしてそれをリンブルで普及させることで、国を富ませる。

これが一番手っ取り早い気がするな。

けれど実直なサクラは、そんなことはやらないしできない。

一度は頭の中に案として浮かぶかもしれないが、それを実行に移すことはないだろう。

じゃあ次にやるべきこと……それこそ他国と連衡をするために大使にでもなるか？

でもいくら侯爵の娘だからと言って、そこまで他国に影響を及ぼせるかと言われると疑問が残る。

それなら例えば、国内で自分が納得できるようなことをしたいと思うとする。

それができるようになるためには、かなり高い立場や地位が必要なはずだ。

騎士団で昇進し団長になっても……やることはそれほど変わらない。

侯爵の代官になって領地の一つでも治めても……できることはかなり限られている。

こうやって考えてみても、あんまり現場でできることがないな。

そりゃサクラも言い淀むというものだ、うん。

国内に注意喚起をしたり、強くなったり、魔法技術を手に入れたり……そんな色んなことができる手なんて、そうそうあるはずが……。

「——いや、あるか」

「アルノード、どうしたんだ？」

少し近付いてくるサクラを見て、今しがた思いついた案の是非を考えてみる。

問題は……まあいくつかあるが、乗り越えられないほど高いものはない、と思う。

何人かには許可を取らなければいけないが、別に無理なことでもない……気がする。

ダメだったらダメだったで、また別の方法を考えればいい。

折角仲良くなれたし、俺は個人的にはサクラのことは気に入っている。

彼女が悩んでいるのなら、手を貸してあげたいと、そう思えるくらいには。

だから俺は一度大きく息を吸って、ゆっくりと吐いてから、

「サクラ、もしよければ『辺境サンゴ』に入らないか？」

と、そう告げた。

「私が……『辺境サンゴ』に？」

「ああ、わりといい案だと思うんだが」

今のサクラは、なんというか、何をすればいいのかわからなくなっている状態だ。

だから将来身につけていてよかったと思えるような何かが、習得できる場所にいたり。

とりあえず周囲から何かを無理強いさせられたりしないような場所で暮らしたりだとか。

そういったことをして、とりあえず力をつけながら生活していけばいいと思うんだよな。

自分の問いに答えを出せるのは、当たり前だけど自分だけだ。

そして答えがすぐに出ない時は、時間が味方になってくれる。

とりあえず『辺境サンゴ』に居れば、侯爵の影響下からは少しは離れられるはず。

父の影響を受け続けたことを気にしているサクラが、国内にいながらある程度自由に動ける場所としても、『辺境サンゴ』ってわりといいところだと思うんだよな。

つまり今のサクラにとっては、かなり居心地のいい場所だと思うんだよ。

そしてこの提案は、何もサクラにとってのものってだけじゃない。

関係者全員に、割と益のある話ができる。

サクラをメンバー入りさせるのは、ソルド殿下にとっても益のある話になる。

殿下は俺に会う度、結構な頻度で嫁をもらって子供を作れと言ってくる。

それもリンブルという土地に、俺を居着かせるためだ。

サクラが『辺境サンゴ』に入れば、他国から見ればうちのクランはリンブルの紐付きという風に見える。

そしてサクラを経由してデザント式の魔法技術なりを手に入れることができさえすれば、ソルド殿下が俺に執着する理由もなくなる。

侯爵にとっても『辺境サンゴ』に自分の娘が入ることは、いくつもの意味を持つ。

武力的な面が強いけど、いくらでも政治利用もできるはずだ。

親としての心配とかを脇に置けば、アルスノヴァ侯爵にも利益がある。

そして俺たちにとっても、面倒なことばかりじゃない。

『辺境サンゴ』は、元は第三十五辺境大隊から生まれた冒険者クランだ。

今はみんなやる気があり、足並みが揃っているからいいが、今から十年後、二十年後にメンバーが誰一人抜けないなんてことはまずない。

結婚するにしろ、カタギの仕事に戻るにしろ、絶対に人員は減る。

だが元の大隊にこだわって人員補充を行わずに、人数を減らし続ければ、以前と同じ仕事を期待されても、それに応えられないことが出てくるようになる。

そうならぬように、今のうちから『辺境サンゴ』の人員の補強をしておく必要があると、俺は思っている。

メンバーが俺以外基本的に戦うことしかできないのは、一緒に軽く冒険者生活をしたエンヴィーたちを見れば明らか。

頼みのエルルも、俺やクランの面子が関わると我を失うことも多いと、最近発覚したばかりだし。

ちゃんとした交渉ごとをしたり、クランをしっかりと一つのまとまりとして運営、経営できるような事務処理をしたりできる人間が欲しいと思ってたんだよな。

ぶっちゃけ現場の個々人の成果物の申告制も、変えた方がいいとは思いつつ変更に着手できてないし。

とにかくうちのクランには、戦う人員以外のあらゆる人材が足りていないのだ。

教養があり、リンブルのことに精通しており、元百人隊長たちともしっかりと面識を持っているサクラという人材は、要求値を十分に満たしている。

エルルとは仲が悪かったりもするが……そこらへんは俺や他のメンバーでフォローもできるはずだ。

俺が考えていることを、ざっくりと説明すると、サクラは「なるほど……」としきりに首を縦に振っていた。

すぐに答えは出さなくていいと言ったのだが、歩いている最中も律儀に加入について考え続けているようだ。

何を言っても、気の抜けたような返事しかこない。

息抜きと思って始めた二人でのお出掛けだったが……思っていたより、たくさんの収穫があったな。

屋敷に戻ったら、オウカにもサクラの加入について、意見を聞いてみるか。


「……いいんじゃないでしょうか？」

「やっぱりオウカもそう思うか」

思い立ったが吉日とばかりに、屋敷に戻ってからすぐにオウカへと話をしに行く。

彼女は少し悩んでから、ポンと手を打って納得した様子だ。

「お父様もそれなら納得してくれると思います」

オウカがオッケーだと思った理由はそこにあったらしい。

こうしてサクラの話を聞いているからこそわかるんだが、どうやらオウカも父に対しては色々と思うところがあるらしいな。

過干渉で過保護なお父さんというのは、どんな場所でも大体は嫌われるものだ。

話を終えてから、いつものように夕食を。

サクラは食器に手を持っていかずに、自分の腿のあたりに置いていた。

グッと拳を握りしめており、下を向いたりこちらを向いたりとなんだかそわそわしている。

「アルノード」

「おう」

「もしよければ、なんだが……私を『辺境サンゴ』に入れてもらってもいいか？　最初は見習いから、ということで構わないから」

「ああ、問題ないぞ」

多分見習いというより、メンバーと余所との折衝とかを担当する交渉官みたいな形にはなると思うけどな。

事前に話はしていたので、それでも問題ないとサクラは言う。

ならば俺にどうこう言う気はない。

後はメンバーと上手くやれるかどうかだが……多分、サクラの加入を拒否するメンバーはそれほど多くはないだろう。

クランメンバーのみんなは、今までは軍隊という閉鎖的な環境で、上官に従って戦っていればそれでよかった。

けど今の彼女たちは、多かれ少なかれ社会というものを知ることになった。

武力だけでは解決できないことが案外たくさんあるということを、みんな学んでくれているはずだ。

俺がリンブルの貴族にペコペコ頭を下げてることにすら、みんな最初は難色を示してたからな。

けど今は商人に素材を買いたたかれた奴もいるし、ギャンブルで危うく装備を売りに出しかけたバカもいる。

『辺境サンゴ』という冒険者クランのメンバーとしてやっていく以上、仕事を受けるための社会というものとの接点は持っておかなくてはいけない。

それが理解できているだろうから、サクラの加入にそれほどの困難はないと、個人的には思っている。

でもこれで無事に新たなクランメンバーを迎え入れることができたな。

信頼する人しか入れられないから、人数をガッと増やすのは難しそうだ。

余所の騎士団から引き抜くっていう手もありっちゃありだが、そんなことしたら絶対に元のメンバーと諍い(いさか)を起こすに決まってる。

今はサクラを『辺境サンゴ』に入れられたこと、そして『辺境サンゴ』に新メンバー加入の可能性があることを周知させることができたことで、納得しておこう。

まだまだ俺たちの行く先は長いのだから。


「お姉様たちが納得されたところで一つ、話があります」

オウカは食事もそこそこに、そう切り出した。

先ほどまでのにこやかな雰囲気は一変し、真面目そのもの。

真剣な話を聞くために、俺の方も気持ちを切り替える。

いったいどんな話が飛び出してくるんだろうか。

「実は先日、デザント王国の方から来客がありまして」

「ほぉ……」

来たのはどの派閥の人間か、またその目的は何か。

オウカがどうにも言いにくそうな顔をして、ゆっくりと喋っているために、少し想像してみる。

今になってガラリオが非を詫びに来た……いや、ないな。

風の噂ではガラリオ派は死にかけているとも聞いている。

ならばバルド王太子殿下だろうか。

だが既に俺がリンブルに根を下ろそうとしていることは知っているはず……釘でも刺しに来たのか。

あるいは……国王ファラド三世の差し金か？

だとするなら単純な引き止め工作の線は薄くなるだろうが……。

「実は一度、公的な訪問をされたいとのことで」

誰が来るのか。

向こうは何を考えて、どんな手を指すつもりなのか。

色々と脳内で想定をしていたからこそ、俺は最初オウカの言っている言葉を飲み込むのに、時間がかかった。

「お越しになるのは——プルエラ第二王女殿下です」

「……プルエラ様が？」

まさかプルエラ様が来るとは。

いったい、何しに？

決まっている……俺に会うためだ。

オウカの話では、本人たっての願いでの来訪ということらしい。

無論プルエラ様のその言葉に、嘘はないだろう。

長い時間を共に過ごしてきたわけではないが、プルエラ様はサクラばりに裏表のない人間だ。

恐らくは俺がデザントから放逐されてしまったことについて、王家を代表して謝りに来たいのだと思う。

だが……あの国王が、本当にプルエラ様の気持ちを大切にするようなタマか？

「匂うな……」

「そ、そんなに臭かったか!?」

「いや、サクラのことじゃない。サクラはいつもいい匂いだ」

「そ、そうか、それならよかった……」

毒のないサクラの反応に少しだけ気を楽にして、食事に戻る。

王族同士の晩餐会。

未だ全貌は掴めないが……恐らく、裏で国王あたりが何か策を練っているはずだ。

準備をしておくに、越したことはないか……。

『辺境サンゴ』のみんなも呼び寄せて、フルメンバーで待機しておかなくちゃいけないな。

これは完全に俺の勘だが……間違いなく、何かが起こる気がする。

こういう時の俺の勘は、当たるんだ。

「となると、少し魔道具造りはお休みしなくちゃだな」

「そうなのか？」

「ああ……俺の強みは、事前準備をして臨機応変に対応できるところにあるからな」

俺の勘が当たるのかどうかは、こちらにやってくるプルエラ様との対面の後にわかるだろう。

願わくは外れてほしいと思いながら、俺は一人私室へと戻った——。


「毎晩夜遅くまで、何をやってるんだ？」

「なんだ、気付いてたのか」

「いや、以前夜に目が覚めて厠に行っていた時にな。アルノードの部屋の灯りが付きっぱなしだったから。それ以降たまに見た時があったが、毎回灯りがついていたのでな」

サクラも『辺境サンゴ』に入るからには、強くなるに越したことはない。

彼女との朝練だけは、毎日続けさせてもらっていた。

数日で見違えるほど変わるわけではないが、それでもわずかに動きが良くなってきた気がする。

足りていなかった対人経験が、補われているんだと思う。

サクラはどうやら侯爵家の娘ということで、本気で戦ってもらえていなかったようだから。

「色々と準備をしてるんだよ」

「それは、会談のための……ということか？」

「ああ」

「アルノードは何かが起こると考えているんだな」

「その通り」

俺がなんの準備をしているかは、サクラにも伝えていない。

未だ絵図は、俺の頭の中に留めておいてある。

彼女は不満そうな顔をしているが、全てを話すつもりはない。

俺の予想を伝える人間は、最小限に留めておかなくちゃいけない。

それこそ精神操作系の魔法で操られる可能性があるサクラには、教えるわけにはいかないのだ。

もし事前にバレたりすれば、対策の意味がなくなるからな。

色々と作ってみてはいるんだが……やはりどれもしっくりこない。

これならいけるという魔道具は、未だ作ることができずにいる。

新しい魔道具の作製というのは基本的に、トライアンドエラーの連続だ。

ただ作ればいいだけの作業とは違い、頭の中に浮かんだアイデアをなんとかして魔法でできる範囲内に収めなければならない。

まず最初に試作型を作り、それでは致命的な問題があることに気付きそれを改良していき……そして実は根本からの設計思想が間違っていたことに気付いて最初から全てをやり直す。そんなことを続けていると、みるみるうちに時間が過ぎていく。

ようやくひな形ができたかという段階で一段落付いた日の夕方。

俺は遠くからものすごい勢いで近付いてくるいくつもの感じ慣れた気力の気配に、頬を緩めた。

「サクラ、どうやらエンヴィーたちが帰ってきたみたいだ」

「そ、そうか……」

「そうかじゃないぞ。これからサクラの同僚になる予定の子たちだ、一度きちんと挨拶はしておかなくちゃだろう」

「うむ……たしかにそうだな！　よし、私も同行させてもらおう」

サクラは基本的に、『辺境サンゴ』メンバーとの関係性はそこまで良好とは言えない。

なんでかはわからないが、エンヴィーたちのサクラへの態度は縄張りが同じ犬みたいな感じで妙にけんか腰だし。

ちゃんと話をしているのを見たことがあるのは、それこそシュウやライライくらいだ。

別にコミュニケーション能力が足りていないわけじゃないと思うんだが、やはり馬が合わないんだろうか……？

サクラを入れると言ったら一体どうなるんだろうか。

瞳から光を失いぶつぶつと独り言をつぶやくエルル、サクラをボコボコにしようとするエンヴィー、そして無感情のままサクラに馬乗りになるマリアベル……駄目だ、どうにもマイナスな方向に考えがいってしまう。

脳裏に浮かんだ最悪の想像を頭を振って打ち消して、俺はサクラと一緒に王都の通用門へと向かっていく。

顔パスなサクラを前に立てて検問を問題なく通過し、彼女たちの帰還を待つ。

「ぃ……ぉ……」

遠くから聞こえてくる、やまびこのような声。

走ってきている勢いがあまりにも速いからだろうか。声に揺らぎのようなものがあって、同じ叫び声のはずなのに全然違うように聞こえてくる。

「……いちょ……」

気力感知で確かめてみると、やってきているメンバーは三人だった。

エンヴィー、マリアベル、そしてエルル。

それぞれ幹部として『辺境サンゴ』の討伐部隊を任せていた子たちだ。

今から数日ほど前、アルスノヴァ侯爵とソルド殿下と話し合い、侯爵が出していた『辺境サンゴ』の指名依頼を一度取り下げてもらうことにした。

そのため任務から解放された彼女たちがはっちゃけて、部下たちさえ置き去りにして王都へとやってきたのだろう。

指名依頼を止めた理由はいくつかあるが、そのほとんどが簡単に言えば俺たちがやりすぎたという一点に集約される。

現状では、『辺境サンゴ』が頑張ることで劇的な勢いで東部の魔物の討伐が進んでいる。けれどそれをしても強くなるのは俺たちばかりで、侯爵やソルド殿下が抱えている私兵や国軍はまったくといっていいほどに育たない。

先日は問題も起こったことだし、このまま『辺境サンゴ』に完全におんぶにだっこという状態ではまたぞろ問題が起こるだろう。

「それなら多少は犠牲や被害が出ようが、ペースがゆっくりとしたものになろうが、魔物の討伐を現状のリンブルの戦力だけで行えるようにすべきだろう。それに経済的な伸張というのは基本的に、時間をかけて行った方がいい。劇薬になりすぎないよう俺と侯爵で調整してなんとかしていこう」

ソルド殿下の主張はもっともだったため、俺は素直にそれを受け入れたのだ。恐らく今後は任務の内容も、ガシガシ討伐を進めていくというよりリンブルの兵士たちを教導することの方に向かうはずだ。

……と、少し前のことを思い出しているうちに、気付けばエンヴィーたちはこちらから視認できるほどの距離にまで近付いていていた。

近さ的には、エルル、エンヴィー、マリアベルの順だ。

なぜかエルルは本気を出す時に使うモーニングスターを振り回しながら、エンヴィーとマリアベルの進路を妨害している。

エンヴィーはエルルとマリアベル相手に剣を向けており、マリアベルはその二人の間で飄々とチャンスを窺っていた。

俺は一体何を見ているのだろう。

なぜ任務を終えて帰ってきたはずの部下たちが、戦いながらこちらに向かってくるのだろうか。

俺の頭はもう、パニックだった。

そして考えてもわかるはずがないと、早々に考えるのをやめた。

「たいちょおおおおおおおっっっ!!」

結果として最初の優位を保ったまま、エルルが一番にゴールイン。

ゴスロリの私服に着替えている彼女の小さい身体が、跳ねるようにして飛んでくる。

それを慌ててキャッチする俺。

気付けばエルルの顔が目の前にあり、自然見つめ合う形になる。

「隊長、エルル、ただいま帰還しました！」

「おう、よく頑張ってくれたな」

任務の汚れを落としたからか、エルルの見た目はずいぶんとこざっぱりとしていた。

身体からはかなり甘さの強いグルマン系の香水の匂いが、ふんわりと香ってくる。

思わずくらくらしそうになるが、嬉しそうに笑っているエルルを見ると少しだけ落ち着いてきた。

というか、前に会った時よりずいぶんとスキンシップが激しくなっている気がする。

もしかして、遠く離れていて寂しかったんだろうか。

バルクスを出て行った時もそうだけど、エルルは本当に寂しがり屋だな。

「よしよし」

「えへへ……」

頭を撫でてやると、エルルは恥ずかしそうにしながらも、嬉しげな顔をして笑っていた。

目尻には涙まで浮かんでいて、彼女の気持ちの強さが窺える。

「隊長、ただいまです！」

「帰ってきた」

「おう、エンヴィーとマリアベルもよく頑張ってくれたな」

シュウがリンブル王家と共に改良に取り組んでいる『通信』の魔道具は日進月歩を続けている。

おかげで今ではいくつもの『通信』の魔道具をつなげる形で、伝令兵よりも速い速度で情報の伝達を行うことができるようになっていた。

そのため前線の情報は、王都にいる俺にも定期的に入っていた。

エンヴィーたちはたしかに多少の問題は起こしていたが、クランメンバーを誰一人欠けさせることなく無事に任務を完了させてくれた。

どれだけ労っても、バチは当たらないだろう。

せっかくなら今日は、朝までみんなと過ごすことにするか。

「隊長、一つ聞いてもいいですか?」

「ああ、どうしたエルル」

「どうして……サクラさんがここに?」

「ああ、一つ提案があってな。彼女を『辺境サンゴ』の新たなメンバーに入れたいと思うんだが……皆はどう思う?」

俺が発言した瞬間、和やかだったその場の空気が一瞬のうちに凍った。

なぜか鳥肌が立っている俺の腕を、エルルが感情のない目をしながら撫でる。

「隊長は私たちが頑張っている間……サクラさんと乳繰り合っていた、ってことですか?」

ぎょろりと、大きく開かれたエルルの目がこちらを覗いてくる。

それは彼女の、嘘一つ見逃さないという意思表示に見えた。

たとえドラゴンの群れに囲まれようが生き延びてきた俺だが、なぜかこの瞬間こう直感した。

ここで対応を間違えれば、俺は死ぬ……と。

故に俺は懇切丁寧に、サクラを『辺境サンゴ』に入れることによるメリットを語る。

すると必死の説明が功を奏したのか、最終的にはエルルの顔はいつもの甘い笑顔に戻っていた。

「信じてましたよ、隊長……」

なぜか冷や汗が垂れてくる。

ホッと一息吐いた俺の喉のあたりの水滴を、エルルは手に持ったハンカチで綺麗に拭き取る。

彼女は俺に抱きついたまま、サクラに顔を向ける。

こちら側からでは、その表情は見えない。

だが苦笑いしているエンヴィーを見て、おおよその予測は付いた。

「エルル、頼むから仲良くしてくれよ……彼女は今後の『辺境サンゴ』に必要な人材だ」

「ええ、わかってます……よろしくお願いしますね……サクラさん？」

こてんと首を傾げるエルル。

「ああ、こちらこそ……よろしく頼む」

エルルを見て少しだけ顔をこわばらせながらも、サクラはそう言って握手を交わす。

なんだか不安になってくるが……本当に大丈夫だろうか。

だがなんにせよ、こうして『辺境サンゴ』に新たな隊員がまた一人加わることになったのだった――。

なるべく早く伝えた方がいいと思ったので、俺は帰還早々、クランの幹部たちを招集することにした。

「久しぶりだな、みんな」

「隊長もぉ、お疲れ様ですぅ」

俺が呼び出したのは、現在のクランで中心的な役割を果たしている者たち。

エンヴィー、マリアベル、エルル、セリア、ライライ、シュウの六人だ。

少し無理を言って、セリアとシュウにも来てもらっている。

俺がそれだけ、本気ということでもある。

ぶっちゃけ行き詰まっているというのもあるな。

「ずいぶん厳重じゃないですか、これ」

「内密の話し合いってことでしょ、少し考えればわかることだよ」

「何、何なの、戦う?」

「もはや僕が戦闘能力ないの、わかってて言ってるでしょそれ……」

言い争うエンヴィーとシュウの声も、周りには漏れないようになっている。

周囲には結界魔法で強固な結界を張り、あらゆる音をカットできるようにしてあるからだ。そして併せて幻影魔法も使っているため、今の俺たちは優雅な昼食を摂っているように見えているはずだ。

　これでデザントの密偵がいたとしても、中で何を話しているかバレる心配はない。

「今日集まってもらったのは他でもない」

　ゆっくりと、一人一人に目を向けていく。

　じゃれていたメンバーたちも、元から真面目な顔をしていたメンバーたちも、みながこちらを向く。

「実は俺たちで一つ、大仕事をやろうと思っているんだ」

「大仕事……ですか？」

「私たちが？」

「『通信』の魔道具造りよりどうでもいいことだったら、怒りますよ」

「さっさと本題言ってくださいよぉ」

　安心しろ、多分この大陸にとって、そこそこ重要なことではあるから。

　『通信』の魔道具とは違って、いささか生々しくはあるがな。

　俺は以前大隊で一緒に行動をしていた時のように、親指をグッと立てた。

　そしてちょっと一狩り行ってこようぜというような気軽な態度で、パチンとウィンクをする。

「デザントから来る『七師』……みんなで力を合わせて、倒そうぜ！」

「……来るんですか、『七師』が？」

「厳密に言うと『七師』が来るかはわからないが、最悪の場合はってことだな。もしかしたらどこかの暗殺者部隊なんかが来るかもしれないし、毒のプロフェッショナルとかが来る可能性もある。けどまあ、何かは起こるだろ」

デザントのあの国王が、バカ正直にプルエラ様を派遣するだけで終わるはずがない。

まだガルシア連邦との戦いは終わっておらず、リンブルと仲違いをする気はない。

とすれば真っ先に狙われるのは、リンブルの国民ではなく完全に流浪の身の、俺たち『辺境サンゴ』だろう。

俺を狙うかクランメンバーを狙うかでもまた話は変わってくるが、成功すればデカいのは俺だ。

自分で言うのもなんだが、俺さえいなければ『辺境サンゴ』の戦力とか統率とか、色々とヤバくなるからな。

あの国王なら、クランメンバーを人質に俺を殺しに来るくらいのことは平気でしてくるだろう。

とりあえず誰一人として犠牲にならないよう、色々と考えておかなくちゃいけない。

「今後のことを考えると、『七師』はなんとかできるようにしておかなくちゃいけないんだよな。だったらもしそうだった場合に一番やばい『七師』の対策は、あらかじめしておいた方がいいだろ？」

「まあここに居着くつもりなら、そうなりますよね」

シュウはどうでもいいと思っているからか、ぼんやりとあらぬ方を向いている。

態度は悪いが、言っていることは的を射ているな。

デザントにいる間、他の『七師』の奴らは仲間……というには物騒なことも結構な頻度であったが、一応同陣営ではあった。

味方と言えるような奴はほとんどいなかったけど、それでも全力で殺し合うような関係になった奴もいなかった。

けど、リンブル側に立って戦うとなれば話は別だ。

俺たちはデザントが放ってくる刺客や強敵たちを、打ち負かさなくてはならなくなる。

そして当然、その中にはデザントが誇る最高戦力である『七師』だって含まれている。

つまりいずれは『七師』と戦うことは避けられない。

それならプルエラ様の随行で『七師』が来てガチバトルが始まったとしてもなんとかできるようにしておかなくちゃってことだ。

……まあその方法が、思いつかないんだけどさ。

「隊長、もし戦う準備をするとして、誰を想定するんですか？　誰を相手にするかで、大分変わってきませんか？」

エンヴィーは強敵との戦いと知り、わくわくドキドキが止まらないようだ。

まるで宝石のように、瞳が爛々(らんらん)と輝いている。

「まあ来るとしたら……ウルスムスだろ、多分」

「「「あー……」」」

みんなが納得、というような顔をする。

俺とウルスムスの不仲は、デザントでも割と有名な話だからな。

といっても向こうが、一方的に俺のことを嫌ってるだけなんだが……。

『七師』ウルスムスは、何かと俺のことを目の敵にする男だった。

トリガー公爵家という高貴な家に生まれた彼は、孤児上がりの俺をとにかく嫌っていた。

『七師』の人間は俺を除けば、全員貴族に縁のある人間だ。

魔法というのは、あまりにも先天的な資質による部分が大きく、血統に強く依存する。

そのため魔法使いの息子は魔法使いになるし、急に魔法の才能に目覚め、覚醒するような人間はほとんどいないのだ。

ちなみにその例外が、俺だったりする。

……いや、もしかしたらどこぞの傍系の貴族の血なんかを、うっすーく引いてたりはするのかもしれないけど。

まさか大貴族の血が流れているはずもあるまい。

そんな孤児がいてたまるか。

ウルスムスを一言で表すなら……性悪、だろうか。

『強欲』のウルスムスと呼ばれていると知った時は、「ああ、言い得て妙だな」という納得が勝ったしな。

そういえば、なぜ俺は『怠惰』なのだろうか。

わりと頑張って仕事してる方だと思うんだけどな……。

もっとそれっぽい二つ名をつけてくれても、罰は当たらないと思う。

「そもそもの話、彼を倒せるんですか？」

「不可能ではない……はずだ」

俺はあらかじめ『辺境サンゴ』のみんなと合流する前に考えていたことをつらつらと述べていく。

『七師』ウルスムス、彼が得意とするのは火魔法だ。

その才能は本物で、あいつは広域殲滅（せんめつ）の上の大規模殲滅魔法まで使える。

万単位の魔物を殺し尽せるような大魔法を連発してもガス欠しない、正真正銘の化け物だ。

無論身体強化（フィジカルブースト）の魔法も相当に使えるし、気力も同様。

俺と同じように魔力と気力を混ぜ合わせる魔闘気を使うこともできる。

本気でやりあったことはまだないが……純粋な出力なら、魔法の威力と強化された身体能力、どちらとも俺の方が劣っているだろう。

つまり、真っ向から一対一で戦ったらまず間違いなく負けるってことだな。

だがウルスムスには付け入る隙がある。

あいつは魔法の腕は一流だが、それ以外の全てが三流以下だからだ。

とにかくプライドが高く、意地の悪い子供がそのまま大きくなったような自尊心の塊だし。

自分以外の人間をとにかく下に見るし。

そもそも貴族以外の平民や奴隷は、人間ではないと本気で思っている。

そもそもウルスムスが今王都で謹慎を食らっているのは、あいつが王の停戦命令を無視して大規模殲滅魔法を使い、味方ごと敵軍を殺戮したからだ。

その時のあいつの供述は、あまりにもバグっていて……正直なところ、思い出したくもない。

ウルスムスは間違いなく狂人だ。

強力な魔法使いというのはみな我が強いと言われるが、俺はあいつより頭のネジがぶっ飛んだ奴を知らない。

「さて、どうやってあいつを煽り散らかしてやろうか……」

「うわぁ、隊長わっるい顔してるぅ……」

俺はハナから、ウルスムスと正攻法で戦うつもりはない。

プライドなんてものは犬に食わせているので、どんな手を使ってでも勝つ。

そもそもあいつを殺すなら俺以外の面子も絶対に必要だ。

最悪俺は死んでもいいが、『辺境サンゴ』の面々は誰一人として殺させはしない。

とりあえずウルスムスを煽って激昂させるくらいは、最低でもやる必要があるだろうな。とにかくあらゆる手を使ってウルスムスを出し抜いてやるぞ。

「とりあえずここにいる面子はシュウを除いて戦ってもらうつもりなんだが、じゃあまず作戦会議をしよう。俺の意見は最後に言うから、まずはみんなでブリーフィングといこう」

「じゃあまずは私から」

一番最初に手を挙げたのは、脳筋娘のエンヴィーだった。

「隊長がウルスムスをボコす、そして弱ったところを私たちが狩る！　どう、これしかないと思うんですが」

「まあそれができたら一番いいよな」

戦いというのは純粋な出力だけで決まるものではない。

例えばウルスムスが得意な火魔法に対して高い適性を持つ防具なんかを揃えたりすれば、相性差から勝てる試合になる可能性だってゼロではない。

しかし、完全に臨戦態勢のウルスムスを相手にすれば、エンヴィーたちが連携を取っても難しいだろう。

「魔闘気……向こうも、使える？」

「ああ、まず間違いなくな」

マリアベルはむぅと頬を膨らませていた。

魔闘気が使えるか否か。

これが実は、結構デカい。

俺が『超過駆動（オーヴァーチュア）』でコスパのいい魔法が使えることを考えればわかる。

あれを大量の魔力と気力をぶち込んで使えば、それはもう凄（すさ）まじい出力になるというわけ。

練達の気力使いが居ても『七師』には勝てないのは、究極的にはこの魔闘気があるからだ。

魔闘気が使えるということ、それだけで戦闘能力に大きな差が出てしまう。

エンヴィーたちがウルスムスを囲んだとしても、やられることになるのはこちらだろう。

一度距離を取られてから遠距離攻撃で沈められれば、為（な）す術（すべ）なく負けるはずだ。

魔闘気は燃費が悪いからガス欠を狙うという手もあるにはあるが……ウルスムス相手に時間稼ぎをすると、何をされるかわからない。

ブチ切れてリンブルの都市を片っ端から灰にするくらいのこと、あいつなら本当にやりかねないからな。

自分以外の全員の命のこと、なんとも思ってないだろうから。

「まあエンヴィーの言う通り、まず俺が戦うことになるのは確実だ。そこである程度ウルスムスの魔力を削れればいいんだけどな」

魔力ポーションというものも存在するが、それほど回復する量は多くない。

自然回復と合わせても、戦闘でバカスカ魔力を使っていればまず足りなくなる。

「とりあえずウルスムスの火魔法で抜かれない魔道具を作る必要があるんだよな……あいつの本気

の火魔法がどれくらいかはわからんけど」

「そんなもの、作れるんですか？」

「作る……しかない。一応腹案はあるぞ――これだ」

シュウにペラリと俺が発想だけを書き殴った設計図とも言えないようなものを見せる。

それだけでニヤリと、彼の口角が上がった。

「いいじゃないですか、やりがいありそうですよ」

「作った後が怖いけどな。一応前に馬車型『収納袋』は作ったことがあるから、それの応用でいけるとは思うんだが……」

「じゃあ僕の担当はこれの作製ですね。一旦持ち帰ります」

それだけ言うと、シュウは紙をくるくると巻いて立ち上がる。

そして未だ頭を悩ませている俺たちを背にして、さっさと帰ってしまった。

……シュウらしいな。

そもそもシュウに礼儀とか求めてないから、結果を出してくれれば俺に文句はないとも。

「私たちが見つからないように接近さえできれば、なんとかなるんではないでしょうか」

「隠密(おんみつ)性か……たしかにそれも大事になってくるだろうな」

エルルの言葉も理解できる。

見つかれば焼き殺されるだろうから、まず戦う際には俺以外のみんなに気付かれぬよう、俺にだけ意識を集中してもらう必要がある。

シュウに渡したあれが完璧に完成するとは思わない方がいい。

できたとしても、全員に配り終えるのなんか時間制限的にも到底無理だろうし。

俺だけではウルスムスには勝てない。

だからこそ『辺境サンゴ』のメンバーに力を貸してもらう必要があるわけだが……ではそもそもどうやってウルスムスに攻撃を届かせるかという話になってくる。

あいつも俺クラスの、あらゆる攻撃をカットできるような結界魔法は使えるはずだ。

強固な結界を何重にも張り巡らされれば、いくらエンヴィーたちとはいえ結界を破りきることができるかは怪しい。

破ってる最中にまた元に戻されてるうちに、魔法で焼き殺されるはずだ。

となればやはり狙うは認識の外からの一撃、一発で仕留められるような奥の手であればなおいい。

「私の全力の一撃でも無理だと思う？」

「使いどころ次第、といったところだろうな。俺がある程度防御を削った段階で攻撃すれば、ウルスムスに届くかもしれない」

ライライの攻撃はド派手だし、酔いという制限があるので使いどころが大切だ。

上手いこと戦いを組み立てることができれば、ウルスムスの度肝を抜くような攻撃にもなりうるはず。

「となるとぉ、私も頑張って働かなくちゃいけなそうですねぇ」

「セリアの役目はめちゃくちゃ重大だな」

彼女が扱える禁呪は、俺やウルスムスのような正規の魔法を学問として修めてきた奴らからすれば、得体の知れないものばかり。

どんな魔法なのかを看破される心配がないため、防御体勢を取られにくい。

極論、俺たちで結界や防御装備を全て削ってから、セリアの即死魔法を使えばウルスムスは倒せるのだ。

……言葉にするだけなら簡単なんだけどな。

セリアの身体能力は高くないし、もしその姿や正体が露見すれば、ウルスムスに真っ先に狙われる。

人を呪い殺すような魔法は多くとも、自分の身を守るような防御魔法のレパートリーが少ないセリアは、俺が全力で守らなければ多分すぐに焼き殺されることになるだろう。

彼女を使うのはライライより最後、それこそ本当にトドメを刺すその瞬間だけにする必要がある。

存在を秘匿するためにも、アンデッドの使用もナシだな。

いや……ちょっと待てよ？

「セリアって、アンデッドの使役と禁呪、同時にいけるよな？」

「はぁ、まあ、無理のない範囲内であればぁ」

「何か思いついたんですか、隊長？」

「――おう、詰め方さえ誤らなければ、いけるかも」

一筋の光明が見えた……気がした。

無論今はまだ完璧には程遠い穴だらけの案だが、その穴は頑張って俺が埋めればいい。

こういう時、俺が全力でサシでガチバトルをして勝てるようなヒーローだったらよかったんだが。

女の子たちに割とおんぶにだっこっていうのが、なんとも情けない。

ただ、あんな性悪のウルスムスとの戦いで誰かが命を落としたりする必要なんかない。

ちゃっちゃと勝って、祝杯をあげるとしようや。

……これで本当にプルエラ様と会うだけだったら、俺めっちゃ恥ずかしいな。

まあその時は、俺が恥に耐えればいいだけか。

杞憂で終わってくれることを祈りながら、準備だけは調えておくことにしよう。

とうとうデザントからの使節が到着するその日がやってきた。

『辺境サンゴ』のみんなはデザントの兵と揉めるだろうから、少し離れた場所で待機してもらっている。

デザントという国そのものに鬱憤も溜まっているだろうし、もしかしたらかつて上司だったような奴らもいるかもしれない。

もしかち合えば絶対に揉め事が起きるだろうというまったく嬉しくない確信が、俺にはあった。

それに明らかに二等臣民である属州民だとわかる見た目をしている者たちの多い『辺境サンゴ』のメンバーは、どれだけ強くともデザントの人間からは間違いなく舐められるだろうからな。

そのあたりの配慮を事前にしておいてくれるソルド殿下は、やはり人心というものをよくわかっている。

「もしものことがあったら頼んだぞ。自慢じゃないが、俺は弱い」

「さすがにこの場で手を出すことはまずないでしょうが、任せておいてください」

今俺はソルド殿下と共に、プルエラ様が引き連れてやってくるデザントのご一行を待っている状態だ。

殿下の背後には数人の兵士がおり、俺を信頼しているかのような台詞に少しだけ空気がぴりつく。

自分たちの実力では守るに足らぬと言われたと、そう感じているのだろう。

ちなみに彼らの装備は、俺が一行の到着までになんとか間に合わせたため、マジックウェポンの『ワイバーンメイル』に更新済みだ。

「無論、お前たちを信頼していないというわけではない。未だ我らリンブルは足りぬ物だらけであり、魔法技術ではデザントに一日の長がある。だから今は『七師』であるアルノードの力を借りなければならぬ……そう、今はまだ、な」

含みのある言い方に、兵士たちは視線を交わし合う。

いずれはお前たちに任せるぞ、とも取れるソルド殿下の言葉に、何か感じるものがあったようだ。

そこらへんの人心掌握術は、さすがである。

敵意が薄れた護衛たちを背後に、殿下と並び一行の到着を待つ。

「いざとなったら、『辺境サンゴ』のメンバーが救出に来る手はずになっています。何かあれば、殿下は一目散にお逃げください」

「……何かが起こると考えているのか？　ここは国交の場だぞ。そんなことをすれば連邦だけではなく、オケアノスまで敵に回すことになる。デザントはそこまでバカではないはずだが」

「デザントの上は賢くとも、魔法使いというのはどいつもこいつも、一癖も二癖もあるものでして」

「ふむ……そういうものか」

言外にデザントの意志ではない凶行があるかもしれないとほのめかすと、それだけでソルド殿下は納得したようだった。

……なんで殿下が、未だに王位を継いでいないんだろうな？

そもそも俺が来るまでに、アイシア第一王女がソルド殿下と張り合えていたというのも不思議だ。

王の器としてどちらがふさわしいかは、自明の理だろうに。

「お、先触れが来たぞ」

「そのようですね」

「では向かおう。さて、両国にとって良き日になるとよいのだが……」

ソルド殿下は、しっかりとしたデザント式の衣服に身を包んだ男へと近付いていく。

好奇心からか、単身向かおうとするその姿は、なんとも危なっかしい。

支えなくちゃと思わせるような何かがある。

その点だけ見れば、プルエラ様に近いところがあるのかもしれない。

二人の相性は、どのようなものになるのだろうか――。

初対面は然（しか）るべき場所でということで、王都にある王宮で行われることになった。

まず最初は国王との謁見かとも思ったのだが、どうやらそうではないらしい。

ソルド殿下との面会の方が早いのは、彼の方がデザントの外交上の優先度が高いからなのかもしれない。

「初めまして、ソルド殿下。本日はお日柄も良く――」

「プルエラ王女殿下こそご機嫌麗しゅう――」

久しぶりに見るプルエラ様の姿は……見違えていた。

なんというか、娘の独り立ちを見るお父さんのような気分だ。

男子三日会わざれば刮目してみよとは良く言ったものだが、女の子の成長もこれほど早いんだな。

今のプルエラ様は、前に俺が宮廷に居た頃よりもずっと自分に自信を持っているように見える。

以前のようなおどおどとした態度は鳴りを潜め、しっかりと背筋を伸ばして、デザントの外交を行おうとしているように見える。

リンブルからすればデザントは仮想敵国にはなるんだが……プルエラ様、頑張れと思ってしまうのは、情に流されやすい俺の悪いところだな。

ソルド殿下の方ははきはきと話していて、こちら側は手慣れた様子だ。

けれど、それに食いつこうとしているプルエラ様だって負けてはいない。

……って、いったい俺はどっちの味方なんだろうか。

と自分にセルフでツッコミを入れているうちに、気付けばかなりの時間が経ってしまっていた。

ぼうっとしているうちに、二人の間の話は終わったようだ。

双方とも長ったらしい装飾塗れの口上を述べていたが、要約すれば両者の言い分は『今後とも仲良くしましょう』という一言で言い表せる。

それをとにかく厳かな感じで言うのが、貴族社会というやつなのだ。

そもそも俺は政治の細かい口出しなんかはしないしできないので、ただ立っているだけである。

俺がいるからか、機密のようなものはまったく話題の端にも出なかった。

プルエラ様の目的は、本当にただの表敬訪問なんだろう。

特にすることがないおかげで、俺はめちゃくちゃ暇を持て余していた。

最初の方は何かあるかもと気張ってたが、しばらくして何もなさそうになってからは警戒レベルを落としている。

少し余裕ができたから、全然関係ない方向に思考が逸れていったんだけども。

「では、これで」

「はい、ですがその前に一つよろしいでしょうか」

「ええ、構いませんよ」

ソルド殿下とプルエラ様が立ち上がり、握手を交わす。

そしてソルド殿下はくるりと振り返り、俺の方をジッと見つめてきた。

アイコンタクトで、何かを伝えようとしているようだ。

俺の方もジッと見つめ返すが、何を言おうとしているのかがまったくわからない。

男二人が黙々と見つめ合う、地獄のような時間が流れる。

殿下は諦めたのか、パクパクと口を動かした。

読唇術ならある程度の心得があるので、ようやく殿下の意図を知ることができる。

（こ・こ・に・の・こ・れ）

俺がコクリと頷くと、ソルド殿下は満足げな顔をしてそのまま部屋を出て行く。

そして応接室の中には……俺とプルエラ様、そして彼女の護衛である騎士たちだけが残る。

ここに残って……俺にいったい、どうしろと？

後ろにいる騎士たちは、全員俺のことを物凄い形相で睨んでいる。

だがそれも当然のこと。

あいつらからすれば俺は国外追放されたとはいえ、かつてはデザントで禄を食んでいた元『七師』だ。

宮廷魔導師として国中の畏敬を集め、デザントのために尽くすと王の前で誓いを捧げたにもかかわらず、あっさりとリンブルに鞍替えをした、尻の軽い男。

しかもそいつはデザント式の魔法技術を使い、リンブルの防衛に精を出しているときている。

向こうの立場からすれば、俺を恨むのはまったく筋違いなことではない。

だが騎士たちは、口を開きはしなかった。

自分たちが仕えている人間がそれを求めていないことを、しっかりと理解しているからだ。

後ろにいる騎士たちの様子には気付かずに、プルエラ様が立ち上がった。

いくらか大人びたとはいえ、まだ体つきは幼い。

俺を見上げながら、何か言いたそうに口をもにゅもにゅと動かしている。

「アルノード……」

王族同士の会話に混ざれば、下手をすればそれだけでしょっぴかれかねない。

現在はただの一冒険者でしかない俺が会合に同席しているだけでも異常なことなのだ。

当たり前だが、口を開けば即不敬罪になりかねなかったので、俺は会談中は一言も言葉を発してはいない。

その間もプルエラ様がチラチラ俺の方を向かれるから、時折思わずしゃべり出しそうになった瞬間はあったけどな。

「お久しぶりです、プルエラ様」

けれど今は、護衛騎士を除けば人の目はない。

彼らの視線がいっそう険しくなることに目を瞑(つぶ)れば、俺を咎(とが)める人間はいないのだ。

俺が口を開くと、プルエラ様がパアアッっと表情を明るくさせた。

相変わらずわかりやすくて……だから親しみを持ちやすいお方だ。

「アルノード、私……あの、ごめんなさいっ！」

プルエラ様は勢いよく頭を下げた。

それに慌てたのは俺の方だ。

急ぎ顔を上げれば、騎士たちは俺たちは何も見ていないとばかりにそっぽを向いている。

王族が平民相手に頭を下げたなんてことが広まれば、それだけで醜聞になる。

それが今や国賊扱いされているだろう俺であれば、なおさらの話だ。

彼らの反応は、正直なところかなりありがたい。

「いったいプルエラ様が、何を謝る必要があるというのです。それに王族が人前で、庶民相手に頭を下げてはいけません、どうか面をお上げください！」

「いえ、私は……私には、できることがあったはずなのです」

顔を上げたプルエラ様の目には――キラリと涙の雫(しずく)が光っていた。

――プルエラ様を泣かせてしまった。

それほどまでに、俺の出奔が彼女を追い込んでしまっていたというのか。

どうか、涙を拭いてほしい。

俺は今、決して不幸じゃないんだから。

「私がもっと気を配っていれば……アルノードが国外に追放されることはなかったはずです」

「それは……いえ、そんなことはないと思いますよ、多分」

俺がデザントを追放されることになったのは、平たく言えば王位継承者の派閥争いの余波だ。

今では凋落しているらしいガラリオ第二王子がバルド王太子殿下を超える一大派閥を築き、デザント内で強い発言権を持とうとした。

その宮廷工作の一環で、どこの派閥にも属しておらず、たまにプルエラ様とお話をするくらいだった俺はプルエラ派とみなされ、追放された。

そして俺の後釜には、ガラリオ派の新たな『七師』ヴィンランドが座ることになった……という流れだったはずだ。

元はと言えば、俺が宮廷内でいつも寂しそうにしているプルエラ様を放っておけなくて、つい話しかけたのが原因だ。

それに妙な気を起こされる前に、それこそバルド王太子殿下の派閥にでも入っておけば、俺が放逐されるようなこともなかった。

けど俺は政治工作とか面倒くさいと心底思っていたし、人間関係に時間を割く暇があったら「今作ってるスーパーな『収納袋』を完成させちゃうぞ～」と、研究にしか意識を向けていなかった。

だから徹頭徹尾悪いのは俺で。

プルエラ様が何かを気に病む理由など、一つもないのだ。

「でも……」

「それに、俺はデザントの人間を、誰一人として恨んではいません。ガラリオ殿下も含めてね」

「そう……なのですか？　本当に？」

「ええ、本当です」

デザントを放逐された時は、たしかに色々と思うことはあった。

なんで俺が、とか。

俺の活躍は地味かもしれないけど、大切なものだぞ、とか。

今までの努力とか、全部無意味だったのかよって思ったりもしたし。

けど、時間が経つにつれ、そんな恨みなんてものは消えていった。

今ではむしろ、感謝しているくらいだ。

だってバルクスで頑張っていなければ、俺は『辺境サンゴ』のみんなとも会えなかった。

リンブルに来ることもなかっただろうし、そうしたらサクラやオウカたちに会うこともなかった。

ある程度、気持ちの整理はついたんだ。

俺は今、結構幸せだ。

何不自由ない暮らし、心安い毎日、頼れる仲間たち。

人生は選択の連続だ、なんて言葉があるが……今の結果を見れば、俺の選択は間違ってはいなかったんだと思える。

終わりよければ全てよし。

ここに至るまでの過程なんか、些細（ささい）なことなのだ。

だから、プルエラ様にはそんな悲しい顔はしないでほしい。

王宮にある大きな庭で花の王冠を編んでいた時のような、笑顔でいてほしいのだ。

デザントを出てリンブルに鞍替えした俺が言えた義理ではないとは、重々承知ではあるのだけれど。

そう願わずにはいられない。

「そう……ですか……」

プルエラ様はそれきり、黙ってしまった。

けれど数秒もすると、バッと俯かせていた顔を上げる。

「わかりました。アルノードは今……幸せなのですね」

「はい、プルエラ様。ですので今すぐに、デザントに戻るつもりはありません」

「そうですか、わかりました」

俺があらかじめ釘を刺すと、微笑しながらゆっくりと頷いた。

強かになったというか、なんというか。

リンブル側の俺としては少し複雑だけど……でもこうして話ができて、やっぱりよかったと思う。

「今後も仲良くしたいものです」

「ええ、本当に」

できれば今後も、デザントとリンブルの間を取り持ってくれと思うばかりである。

こうしてプルエラ様の成長と、そして変わっていないところ。

彼女の色々な顔を見ているうちに、平和裡に話し合いは終わった。

けれど……

「アルノード……気を付けて。今回の旅の随行人には、ウルスムスがいます」

俺の嫌な予感は、やはり当たってしまったようだった。


「ほらアルノード、何もなかったではないか」

陛下が主催（ということになっているだけで、段取りをしたのはソルド殿下だ）の晩餐会もつつがなく終わり、プルエラ様たちは特に大過もなく帰路についた。

俺が殿下の隣に立っていると、彼は自分の方が正しかっただろうと俺の心配性を笑っている。

けれど俺は殿下の笑顔を見ても、頬を緩めることはしなかった。

遠く離れていくデザントの馬車を見つめながらも、周囲の警戒だけは怠っていない。

「どうしてまだピリつく必要がある。もう問題……になる可能性のあったデザントの人間たちは帰ったぞ」

「そもそも問題になるような者たちは一人もいませんでした。俺の予想が正しければ、そう遠くないうちに来るはずです」

「……いったい、何がだ？」

「リンブルそのものか俺たちを壊しに来る何かが……ですよ、殿下」

「そんなバカなことが……」

一笑に付そうとしたようだが、俺が真剣な顔をしているのを見てすぐに表情を変える。

自分は信じられないが、さりとて俺の否定もしない。

今はそれだけで十分だった。

プルエラ様の言葉を信じない理由がない。

俺の勘と、デザントの国王ファラド三世への悪い方への信頼、そしてあいつの性格を考えれば……間違いなく、来るはずだ。

殿下の下を去り、待機していた『辺境サンゴ』の面々の下へ戻る。

既にシュウも合流し、最終調整を行っていた。

俺とシュウが合同で作ったとある魔道具は、試作を終え、必要な能力を持たせたまま無事エンヴィーたちに装備させることができている。

今の彼女たちが身につけている防具は、今までの『ドラゴンメイル』ではない。

それはうっすらとした虹色の膜の張った、ゴワゴワとしたドレスのような見た目をした服だ。

百人隊長クラスの面々以外は以前と同様の『ドラゴンメイル』をつけているので、彼女たちの姿はめちゃくちゃに浮いている。

だがこれも対策を練った結果だから、見た目の不格好さに文句をつける者は一人もいなかった。

「来ますか、隊長」

「――来る」

「そうですか」

みな、何も言わない。

上官が言ったことは、それがどれだけ間違っていても盲信するしかない。

軍隊上がりのせいか、俺に対して文句をぶー垂れてくる人間はセリアのような極度のコミュ障を除けば一人もいない。

みながめいめい、戦いのための準備を調えていた。

平のクランメンバーたちには、いざという時に大規模殲滅（せんめつ）魔法から身を守るための魔道具を渡している。

ウルスムス以外の誰かが来ても、逃げることだけはできるはずだ。

もちろん負けるつもりはないが、クランメンバーの命は最優先だ。

本当は事前に避難しておけって言ったんだが、こいつら人の言うこと全然聞かないからな……いったい誰に似たんだか。

ソルド殿下からは自由にしていいと言われているので、俺と一緒に有事の際に戦うメンバーは改めて想定した通りの戦闘演習を行っていく。

勝率は……想定通りに進めば六、七割はあるはずだ。

ウルスムス以外の『七師』が来ればまた話は大きく変わったが……来てくれたのがあいつなのは正しく不幸中の幸いというやつだろう。

今のデザントにとって癌になっているあいつをぶつけようとするファラド三世の合理的な考え方に助けられたな。

もし意外性や俺のこういった性根まで勘案して別の『七師』が来たらと思うとゾッとする……。

とりあえず自由に使っていいと貸し与えられた敷地を使い、ゆっくりと流れる時間に胃をキリキリさせることしばらく。

——ドッ！

魔力をほとんど持たない平民でさえ感じ取れるような、馬鹿げた量の魔力反応が現れた。

反応は王都からかなり離れている。

場所は荒野だ、恐らくは余人を交えず戦おうという合図だろう。

近くにいる魔法使いが、下手をすればショック死するようなデタラメな放出量だ。

周囲の迷惑をまったく考えない実力者。

自分はここにいるぞと周囲の人間に教えるその自負心の高さ。

そしてこの魔力反応……間違いなく、ウルスムスだ。

「ではこれより、オペレーション・アンチグリードを開始する。無理をせず、しっかりと相手を封殺して勝つ。——大丈夫、絶対に上手くいくさ」

# 第四章 ✝ 『強欲』のウルスムス

俺は『辺境サンゴ』の面々に避難誘導を命じ、とにかく近隣から避難してもらうようソルド殿下名義で勧告を出してもらった。

幸いこの場所が中心部から離れていることもあり、人の数はさほど多くない。

戦いに巻き込まれる人間はいないはずだ。

俺たちが本気で争えば、街の一つや二つはなくなりかねない。

そしてウルスムスならば王都の人間を、癇癪で殺しても何一つ不思議ではない。

プライドが許さないからこそ『辺境サンゴ』の面々を人質に取ったりはしてこないとは思うのだが、あいつは考え方が常軌を逸しているから、本当に何をしてくるかの予測がつかない。

用心はしておくに越したことはないだろう。

俺たちが避難誘導を始めても、ウルスムスはその場を動くことはしなかった。

どうして動かないのかはわからないが、生まれた時間はありがたく使わせてもらうことにする。

自分が焦って動けば、それは自分が俺よりも下である証明になりかねない……と、そんな風に考えているのかもしれない。

ウルスムスは徹頭徹尾、こういう面倒くさい考え方をする奴だ。

さて……みんなも準備ができたようだし、行くか。

久しぶりにアイツに会うのか。

なんだか憂鬱になってくるな……。


「よぉ、相変わらず薄汚ぇ格好してるなぁ。お前に流れてる血と一緒でよ」

「お前は……相変わらずブレないな、ウルスムス」

ウルスムスに対して抱いている俺のイメージを一言で表すと、真っ赤な獅子(しし)だろうか。

赤い瞳にたてがみのような赤銅色の髪。

そして突き出た犬歯に、獰猛(どうもう)そうな表情。

ウルスムスは、自分が狩る側だと確信を持っている獅子のような男だ。

そして己が勝者であると信じて疑っていない、自信過剰な人物でもある。

「何しに来たんだ？」

「決まってるだろ、お前を殺しに来た」

「争いなんて意味のない……って説得フェイズに移ってもいいか？」

「俺はお前が前から気に入らなかった。だから殺す。問答無用、これ以上息を吐くな、雑種が」

古くさい貴族思想に凝り固まったウルスムスは、昔からとにかく俺のことを嫌っている。

貴族以外の人間を雑種と言い切る性根は、いっそすがすがしさすら感じる。

俺が『辺境サンゴ』の人間とつるんで、一緒にバルクスの防衛をしていたのも気にくわないらしい。

多分何をしても、色眼鏡で見られてたんだとは思うが。

辞めていくらかなまった元『七師』と、謹慎を食らってる現『七師』。

果たして戦って、どちらが勝つか。

普通に戦えば、俺は負ける。

だからこそ、事前に準備もしてきた。

予想も無事に当たり、ここまでは想定通り。

……だが『七師』クラスの人間とガチでやり合うのは、これが初めてだ。

デザントにいる間は、仮にも仲間だからと小競り合い程度しかしたことはなかったからな。

対人戦は、魔物戦とはまた違った緊張感がある。

でも……負けられない。

こいつが来たってことは、この戦いの勝敗は俺一人のことだけに収まらないからな。

「俺を殺したら、どうするんだ?」

「……さあ、考えていなかったな。とりあえずお前の下に居た雑魚は皆殺しにする。あとのことは、その時に考えるとも」

「ああ、そうかい」

これ以上の対話は無意味。

そもそもウルスムスは、俺と話をする気がまったくないからな。

「さあ、聖別を始めてやろう。簡単にくたばるなよ、雑種ゥ！」

ウルスムスの魔力が膨れ上がる。

俺も『収納袋』から取りだしておいた杖(つえ)を構え、意識を集中させる。

「地獄の業火(ヘルフレイム)！」

「『超過駆動(オーヴァーチュア)』ウィンドサイクロン！」

魔法発動のタイミングはほとんど同時。

ウルスムスの炎と俺の竜巻は、真っ向からぶつかり合った――。


魔法には正確には四つの等級がある。

下級、中級、上級、そして超級。

この一つ一つの間には、結構大きな隔たりがある。

それは威力であったり、効果であったり、速度であったり……同じような系統の魔法を使えば、基本的には等級の高い魔法が勝つ。

下級水魔法ウォーターボールでは中級水魔法ウォーターウィップには勝てないし。

中級水魔法ウォーターウィップは、上級水魔法タイダルウェイブには勝てない。

けれど俺には、それを覆すための技術がある。

「暴風(エアバースト)！」

「『超過駆動(オーヴァアーチユア)』ウィンドサイクロン」

ウルスムスの放つ上級風魔法が、俺の放つ中級風魔法によって掻(か)き消される。

それを見たウルスムスが、ふんっと鼻を鳴らした。

今はまだ互いに遠くからジャブを打ち合っている段階で、言わばどちらも身体(からだ)を温めてウォーミングアップをしている最中だ。

魔法使いの古式ゆかしい魔法戦では、こういう力試しのような撃ち合いの形に落ち着くことが多い。

形式や儀礼といったものを重視するウルスムスは、古来から伝わる決闘のやり方で戦うつもりらしい。

「相変わらず小賢(こざか)しいな、お前の魔法は」

「生憎(あいにく)大技ばっかり使っていたら、すぐガス欠になるもんでね」

「能無しが」

「知ってるさ」

ウルスムスと俺では、持っている魔力量や魔法に対する適性が違う。

文字通り格が違うと言ってもいい。

ウルスムスは大規模殲滅(せんめつ)魔法を連発してもまだ余裕があるほどに、魔力量がある。

併せて才能もあるので、俺なんかよりもよほど効率のいい火魔法を使うこともできる。

けれど俺は、大規模殲滅魔法を一度使えばぶっ倒れるような魔力量しか持っていない。

「地獄の業火(ヘルフレイム)！」

「『超過駆動(オーヴァーチュア)』ファイアアロー」

なので真っ向から打ち合っていては、先にガス欠になるのは俺だ。

ウルスムスの上級火魔法である地獄の業火(ヘルフレイム)。

高温により白色化した炎に対し、俺は『超過駆動(オーヴァーチュア)』によって発動させたファイアアローを当てる。

もちろん打ち負けるのは俺の方だ。地獄の業火(ヘルフレイム)の飛んでいく方向をわずかに変えることが精一杯。

けれどそれだけで十分だ。

俺は純粋な身体能力だけで魔法を躱(かわ)し、横っ飛びに跳ねる。

ウルスムスと戦うには、とにかく節約が必要だ。

バカスカ強力な魔法を使うあいつに対して、俺が最低限の魔法を使い続けて、ようやく帳尻が合うといったところだろうか。

あいつは火魔法で。

俺はそれに対し四属性全ての魔法で、『超過駆動(オーヴァーチュア)』を用いてそれに拮抗(きっこう)する。

気力の使用量はさほど大きくはない。

今後のことを考えても、十分に自然回復で賄える程度だ。

俺の方にも、そしてウルスムスの方にも変化はない。

まだ前哨戦(ぜんしょうせん)だからな。

気取られぬよう、ウルスムスの後方へちらと目を向ける。

そしてすぐに戻し、ポキポキと指の骨を折った。

「相変わらずデタラメだな、お前」

「はっ、会話で時間を稼ごうとしても無駄だ。さて、そろそろ次の段階へ行こう」

それだけ言うとウルスムスは目を閉じ、そして大きく見開いた。

俺もそれに合わせ、急ぎ魔力を練る。

「お前に聖別を受ける権利をやろう――」

相手が使ってくる魔法を推測することはできなかった。

できるのは相手の魔力の爆発的な高まりを感知することだけ。

ウルスムスは高揚しており、顔は紅潮している。

間違いなく大技が来る。

俺は即座に、使う魔法のランクを一つ引き上げた。

「虚無界の灯火（アヴァロンゲヘナ）！」

「『超過駆動（オーヴァーチュア）』テンペストサイクロン！」

上級魔法テンペストサイクロンを放ったのは正解だった。

ウルスムスが放ってきたのは、超級魔法である虚無界の灯火（アヴァロンゲヘナ）。

ウルスムスの炎が俺の放つ台風とぶつかり、互いに混じり合う。

そして火災旋風のように拡（ひろ）がっていき……そのまま消え去った。

よかった……この特級魔法であれば、俺でもまだ対処が可能で。

「ほう、残ったか……」

「聖別なんてもの、ハナから受けちゃいないけどな」

「――ハッハァ！　何を言う雑種、この俺による聖別だぞ、涙して喜ぶべき場面だろう」

こいつは自分の魔法を、周囲にぶちまける悪癖がある。

そしてあろうことか、それを自身で聖別と称していた。

ウルスムスが魔法で敵味方を問わず、大規模殲滅魔法でまるごと焼き殺したのも、こいつから言えば聖別。

自分の放つこの程度の魔法に耐えることもできなければ、そもそも仲間ではない。

そんな無茶苦茶な理屈を、さも正論であるかのように論じてくる。

根本的な思考回路が違うのだ。

「さて、次だ――」

ウルスムスが更に魔法を放つ。

そして俺はそれに対し、カウンター気味に魔法を返す。

一発目、二発目、三発目。

徐々に徐々に、魔法の威力が上がっていく。

俺はそれに対抗するため、より魔力消費の多い上級魔法を使わざるを得なくなっていく。

俺自身、未（いま）だ『超過駆動（オーヴァーチュア）』という技術を完璧に使いこなせているわけではない。

今の俺はまだ、『超過駆動（オーヴァーチュア）』を使い超級魔法を発動させることができないからだ。

そして四発目、五発目。

ウルスムスの放つ火魔法は、本物だ。

こいつは戦闘能力だけならば『七師』の中でも上から数えた方が早かった。

こうしてやり合って、改めてわかる。

今の俺では、ウルスムスと純粋な出力勝負をしていては万に一つも勝ち目はない。

さて……それならば次は、どうするか。

「奈落の煉獄炎（インフェルノフレア）！」

「『超過駆動（オーヴァーチュア）』マキシマムタイフーン」

俺の放てる上級魔法の中で最も高威力である、上級風魔法マキシマムタイフーンとウルスムスの超級魔法がぶつかり合う。

拮抗したのは、束の間。

数秒もすると炎は風を飲み込み、少しだけ速度を衰えさせながらも進んでくる。

気力による身体強化で、バックステップで退避し、なんとか難を逃れる。

ウルスムスにこれ以上付き合えば、俺も超級魔法を放たなければならなくなる。

そうなれば俺は、すぐにガス欠になってしまう。

となれば次に取れる手立ては一つ――。

俺は魔力を練ろうとするウルスムスに対し――魔法を放とうとせず、前に出る。

気力強化により上がった速度は、ドラゴンの飛翔速度を容易く凌駕する。

背中に差した剣を抜き放ち、一閃。

ウルスムスは俺の動きを見てから反応し、杖の底部を地面にカンと打ち鳴らした。

すると杖から、抜き身の刀身が現れる。

俺の『龍牙絶刀』とウルスムスの仕込み杖がぶつかり合い、火花を散らした。

「チッ――手癖が悪いな。神聖な魔法の撃ち合いを邪魔するなと、習わなかったのか!?」

「習ってねぇよ……生憎こちとら、育ちが悪くてねっ！」

胸部を狙い刺突を放つが、しっかりと見てからかわされる。

反撃の切り上げは、見てから前に進んで回避。

隙だらけの胴体に一撃を放てば、ウルスムスの張っていた不可視の結界に弾(はじ)かれる。

そこからウルスムスが、踏み込んだまま斬撃態勢に。

振り下ろされる仕込み杖の剣閃(けんせん)を、身体の動きから予測してかわした。

俺が気力による身体強化(フィジカルブースト)のみで戦闘を行っているのに対し、ウルスムスは常に魔力によって身体強化(フィジカルブースト)を行いながら、同時に自らの周囲に結界魔法を張ってその身を守っている。

気力の出力は、急激には上がらない。

練れば練るだけ、徐々に無駄がそぎ落とされ、身体機能が向上していく。

事前に『超過駆動(オーヴァーチュア)』を使って慣らしていたため、普段よりもずっと気力が身体に馴染(なじ)む。

おかげで純粋な強化の量で言えば高いはずのウルスムスと、まともにやり合うことができている。

俺しか使わないから知られていないが、『超過駆動(オーヴァーチュア)』にはこんなメリットもあったりするのだ。

「――シッ！」

「ちいっ、ちょこまかとっ！」

戦闘を馬車の軽量化で例えるとするのなら。

気力強化とは、無駄をそぎ落として行う重量カットだ。

車輪の木板をスポークに変えたり、部品の中身を空洞化させたりして軽くすれば、その分だけ馬車は機敏になる。

対し魔力強化とは、言わば軽量化の魔法を馬車にかけることに似ている。

練達の魔法使いがとにかく軽くしてしまえば、頑張ってちまちま削っていくよりずっと早く馬車の速度は上がってくれる。

短期的に見れば、魔力による強化の方が強化効率が高い。

なので剣を振れば、俺よりもウルスムスの方が剣速がある。

けれどその太刀筋を見切ることは、それほど難しいことではなかった。

ウルスムスは常に、圧倒的な火力で敵を蹂躙してきているため、白兵戦の経験はそれほど高くない。

故にウルスムスの剣技は、そこから放たれる一撃の練度自体は、デザントの百人隊長レベルとそう変わらない。

それは言ってみれば、テレフォンパンチのようなものだ。

どれだけその速度自体が早くとも、どんな攻撃が来るかさえわかっていれば――。

「ぐっ！　どうして当たらない!?」

「さあ、どうしてかな？」

こんな風に攻撃に合わせて、つばぜり合いをすることくらいはできる。

ただし、俺の方も完全に優位に立っているわけじゃない。

バックステップで後退、即座に反転。

ウルスムスへと斬撃を入れる。

しかし放った攻撃は、全て甲高い音と一緒に弾かれる。

（硬いな――結界の硬度が高すぎる）

魔法使いがそこまで接近戦を重視しない原因の一つは、この結界魔法という盾の強さにある。

結界魔法においては、張り出す結界の性能は込めた魔力量によって変わる。

ウルスムスが全力で結界を張れば、俺の普通の斬撃では破ることも難しい。

（これは相性もあるか）

得物を『龍牙絶刀』からオリハルコン製の剣へと変え、息もつかせぬ剣撃で相手の反撃を封じながら攻撃をつなげていく。

突き、薙いで、穿ち、そして貫き通す。

パリンと、一枚結界が割れた。

いけるかと思いそのまま剣を進めれば、即座に硬質な感触。

当たり前だが、結界は一枚ではない。

「無駄なんだよっ、カスが！」

俺の攻撃を鬱陶しく思ったからか、ウルスムスは叫びながら周囲を焼き尽くす範囲魔法を放つ。

その威力を冷静に確認してから、俺は炎の渦の魔法を剣で切り伏せた。

しかし目の前の魔法は消えても、周囲には未だ炎が揺らめいている。

炎が消え万全なウルスムスが顔を出した時には、既に俺が破ったはずの結界は修復されていた。

ウルスムスの魔力量に陰りは見えない。

このままだと破って修復してを繰り返す千日手になりそうだ。

少し早いが——あれを使うか。

「まずは魔力……」

魔力と気力の合一。

そのやり方は人によって違うが、基本的には半身で気力を練り、もう半身で魔力による強化を行い、その両者を掛け合わせることが多い。

そして最終的にその二つの強化を組み合わせてから混ぜ合わせるのが、他の奴らのやり方だ。

だが俺のやり方は『超過駆動（オーヴァーチュア）』によって気力と魔力の合成に少しばかり慣れたおかげで、少し特殊なものになっている。

俺はまず最初に、魔力によって肉体を強化させる。

そして次に、気力をその魔力に溶け込ませていく。

「次に気力——」

魔力の性質が少し変わっているらしく、俺は他の人間と比べると比較的気力を魔力に混ぜやすいらしい。

体質なのか繰り返した結果こうなったのかは、今となってはよくわからない。

『超過駆動（オーヴァーチュア）』の時はほんのひと匙（さじ）のイメージで入れていた気力を、身体強化（フィジカルブースト）の魔法へと練り込んでいく。

気力と魔力を掛け合わせることによって、身体の中で拒絶反応が起きる。

バチバチと体中を反発しながら飛び回る気力と魔力を、強引に押さえつけていく。

全身を二種類のエネルギーが飛び回っているため、身体の内側を、魔法でも弾けているような激しい痛みが飛び交う。

けれどもうこの痛みには慣れている。

少し顔をしかめるだけで、やりすごすことができた。

二つのエネルギーを――合成させる。

全身が七色の光で覆われる。

チカチカッと明滅を繰り返しながら、その発光のタイミングが徐々に短くなっていき――爆発的な光の奔流へと変わる。

激しい光は消え、俺の全身をうすぼんやりとしたオーラが包み込む。

内側から力が溢(あふ)れてくるこの感覚……久しいな。

やると疲れるから、本気で戦う時しか使わないからな。

さて……ここからは完全に、時間との勝負だ。

持てる全力を以(もっ)て相手をしよう。

「チッ、魔闘気か……」

気力と魔力を合一させ、反発するエネルギーを新たに一つの力へと昇華させる究極闘法――魔闘気。

俺が発動の用意をしても、ウルスムスは何も動きを見せなかった。

ウルスムスは魔闘気を通常の手順で発動させなければならないため、発動させるまでの時間は、俺の方が圧倒的に早い。

同時に始めても気力と魔力の合一の最中に俺の攻撃を食らうだけだと考えたのだろう。

発動準備さえしてくれていれば、無防備な土手っ腹に一撃をかませたんだが……さすがにそこまで上手くはいかないか。

ウルスムスの舌打ちを聞いてから、俺はすぐに前に飛び出す。

そしてこちらを迎撃しようと杖を構えるウルスムスの――背後からハイキックを加えた。

バリバリバリバリンッ！

キック一発で、三枚の結界が割れる。

そのままの勢いで、オリハルコンの剣を叩きつける。

バリバリと音が鳴り、更に結界が割れた。

あと少しで、ウルスムスの着ているローブに剣が届きそうだ。

この分なら……結界は十枚はないだろう。

「修復させる暇は与えん」

「ぐうっ!?」

右ストレートで一枚、肘打ちで一枚。

更に二枚の結界を持っていく。

このまま押し切れるか……と思ったところで咄嗟に後ろに下がる。

俺が先ほどまで居た場所を、炎の柱が通っていった。

見ればウルスムスの方は、ハアハアと息を荒らげている。

どうやら咄嗟に俺の攻撃を止めるために、かなり無理に魔法を使ったようだ。

これを繰り返していけば、向こうの方が早く魔力が切れる……はずだ。

もっともそう上手くいくほど、甘くはないとはわかっているけどな。

「くぉんの……クソ野郎がっ!」

ウルスムスが両手を横に突き出し、目を閉じる。

ブゥンと音を鳴らしながら、先ほどまでのものとは違う、目にも見えるだけの厚さを持った結界を張り出した。

叩く、硬質な音。

突き、穿とうとしても剣が通らない。

これは相当に強く作ってあるな。

おまけにそれが見えるほどの分厚さとなると……今の俺でも、破るのには難儀しそうだ。

けれどこれだけの結界なら、生み出すために相当量の魔力を消費するはず。

維持も合わせれば、とんでもない量の魔力を食っているだろう。

それほどまでに魔力を使ってでも行う時間稼ぎとなると……ようやく来るか。

「右手に魔力……」

ウルスムスの右半身に、赤い魔力が宿る。

火魔法が得意だからか、あいつが噴き出す魔力は濃くなると、赤色に変わる。

「左手に気力」

そして左半身に、黄色い気力が宿る。

魔力は人によって色が変わるが、気力は外まで噴き出しても基本的には無色か黄色になることが多い。

「合成――」

右手と左手を、パチンと重ね合わせる。

瞬間、先ほどのような強い光の奔流。

光が収まれば――そこには、俺と同様魔闘気を纏うウルスムスの姿がある。

純粋な出力は、ウルスムスの方が上。

気力の扱いでは俺の方が勝ってはいるが……。

「やっぱり、こう、なるよなっ！」

「野蛮な肉弾戦は嫌いなんだが、なっ！」

ウルスムスの仕込み杖が、俺の頬を浅く切り裂いた。

そのまま上から下に、輪切りにするかのような高速な連撃が襲いかかる。

やはり速度は、完全にあちらの方が上だ。

魔闘気を使わぬ接近戦であれば俺が優位に立てていたが、両者共に本気を出すと速度の差がかなりあるせいで、俺はどうしても防戦一方になってしまう。

剣を上げ、下げ、腕をクロスさせ、時に足技を使いながら、ウルスムスのラッシュをなんとか捌いていく。

足に、腕に、顔に、小さくはあるが切り傷が刻まれていく。

中でも戦いに響きそうだと感じた部位だけを、回復魔法で癒やしていく。

痛みに慣れていないほとんどの魔導師は、魔力消費は多くとも結界魔法を多重に使用して、そもそもダメージをくらわないような戦法を取ることが多い。

そして俺のような割と痛みに耐えられる実戦慣れした魔法使いは、結界魔法は使わず魔力を節約し、必要最低限の回復魔法だけを使ってなるべく魔力消費を抑えるようになる。

これだけの高出力で戦っているとなると、ウルスムスの方もかなりガス欠が早いはずだ。

こいつの場合は、バカスカ使っている魔力よりも気力がなくなる方が早いんだろうけど。

だが……うん、少しばかり慣れてきたな。

飛んできた剣を、受け止めるために構える。
剣筋が単調な分、軌道は大体三つくらいまでしぼることができる。
そのうちで当たればまずそうな部分だけを重点的に守っておく。
「どうした、止まって見えるぞっ！」
愉悦の声と共に、ウルスムスの斬撃が俺の右胸の辺りを浅く裂いた。
そこならば特に問題ない。
斬らせてやったんだよ。
ウルスムスはそのまま腕を引き、再度溜めを作ってからこちらに突きを放ってくる。
これは食らうとまずい。
ただ回避軌道を取るだけの猶予がないため、とりあえず前に出た。
そして突きが完全に勢いに乗る前に……剣の腹で擦り、勢いを殺す。
勢い余って俺の身体に刃が突き立つが……浅い。
回復魔法で十分治せる範囲だ。
刃をねじられる前に自分から身体を下げ、即座に傷を治す。
そんな俺の様子を見て、ウルスムスは怪訝そうな顔をしていた。
「……おい、お前はどうして、平気な顔をして立っていられるっ!?」
どうしてって……そんなの決まってる。

バルクスに居た頃から、俺はとにかく生き延びることに関しては自信があってね。

攻撃が来る。

食らう、そして即座に回復。

再度攻撃、これは食らうと危ない。

結界魔法を展開。

一瞬で破られるが、勢いは殺せた。

出鼻を挫いた一撃であれば、今の俺でも十分つばぜり合いができる。

運動能力に大きな差がある以上、攻撃を見てから避けるということはできない。

なのでなるべく魔力消費が節約できるよう、防御の仕方だけを細かく変えていく。

反撃は適度で構わない。

向こうが全力で攻撃を続けても問題ないと思えなくなるよう、時折強めの一撃を放つだけで問題ないからだ。

「チイッ！」

頭にカッと血が上り、ウルスムスがまた更に使う魔力と気力の量を増やした。

このままではさすがに分が悪い。

俺も魔闘気の量を増やし、それに対応。

しばらくすると再び同じ状況へ戻る。

剣撃による応酬をする度に、周囲に衝撃波が飛んでいく。

お互いがドンドンとギアを上げていくせいで、余波も比例して大きくなっていく。

土がめくれ上がり、まばらに生えていた草が飛んでいき、そして俺の魔力がすごい勢いで目減りしていく。

戦いながらも、常に気力感知でウルスムスの気力の残量を確認することを忘れない。

魔力量の隠蔽に関しては俺をはるかに凌ぐウルスムスであっても、気力の扱いはその道のプロと比べると一等劣る。

なので常に見ておくのは、無尽蔵に思える魔力量ではなくその気力。

魔闘気はどちらかが尽きれば使えなくなるからな。

「シイッ！」

「クッ――」

俺はウルスムスが距離を取ろうとすれば、それを詰めなければならない。

遠距離の魔法の撃ち合いが再度始まらぬよう、細心の注意を払う必要がある。

「ほらどうした、お貴族様が俺程度に手こずってていいのか？」

「このっ、言わせておけば――」

だからこそ、常にウルスムスを煽り、俺と切り結ぶことだけに意識を集中させておかなければいけない。

激昂さえさせておけば問題ないから、これはさほど難しくはない。

ウルスムスには俺のような平民が何か言えば、全部自分をバカにしている言葉に変換してしまう耳があるからな。

だが俺の方も慣れてはきていても、決して余裕があるわけではない。

（……まだ上がるのか、こいつ）

ドンドンと上がっていくウルスムスの身体能力は、未だ限界が見えていない。

気力量は既に、戦闘前の半分以下にまで減っているはずだ。

けれどウルスムスは魔闘気を魔力多めにする形で、気力の消費量を明らかに絞っていた。

俺が素早く魔闘気を発動できるように、ウルスムスにもまた彼なりの魔闘気の調整方法があるということだろう。

対して俺の魔力と気力の残量はどれほどか。

ざっくり概算すると――どちらも三割程度。

かなり細々と節約をしてこれなのだから、いつものように戦っていれば既にガス欠になっていただろう。

俺はわざわざ傷を増やしながら戦い、ウルスムスは結界を張り完全防備。

これだけ使用量に差がありながら、俺の方が微妙に不利なままという……。

本物の天才と戦うと、自分の非才さが嫌になってくるよ、まったく。

斬撃が飛んでくる。
ウルスムスの動きが早すぎるせいで、既に剣の軌道が二つに分裂して見えている。
高速で左右に動いているため、あれは両方とも質量を伴った攻撃になる。
対する俺はこれ以上出力を上げれば、ガス欠になる。
黙って剣を水平に構え、背をかがめて防御姿勢を取った。
ザンッ！
ザクッ！
結果としてどちらの攻撃も弾くことはできず、二つともが俺にヒットする。
「っつう……」
思っていたより刃が深くまで通っており、さすがに痛い。
剣を抜こうとする動きよりも、ウルスムスがそのまま剣を押しつけてくる方が早い。
スッと撫(な)でるように続く斬撃に、肩口から血しぶきが飛んだ。
後退、そして回復。
魔法はこれ以上の失血を防げればいいから、最低限しか使わない。
「ようやく動きが鈍ってきたなぁ、アルノードォォォ！」
「おっ、まえが——速くなっただけだっつうの！」
剣と剣がぶつかり、甲高い音が。

そしてそのすぐ隣で、更にそのまた隣で同様の音。

高速で移動しながら戦っているせいで、荒野を縦横無尽に駆け回りながらの戦闘だ。

あちこちに血が飛び、バリバリと結界は割れ続け、俺とウルスムスはどちらとも額に汗をかいている。

俺の攻撃は、未だウルスムスには届かない。

その全てが結界によって阻まれ、そしてようやく本丸へ突っ込めるかというところで修復される。

地力が違うため、既にウルスムスの速度は俺を圧倒的に凌駕し始めている。

けれど既にウルスムスの攻撃パターンにも慣れてきているおかげで、致命傷だけは負わずになんとか戦い続けることができていた。

基本的には防戦一方だが、まだやれないことはない。

時間制限付きとわかっているのなら、耐えることは十分にできる。

俺はこれ以上魔力と気力の消費量を上げるわけにはいかない。

だからここから先は……俺という人間の、アルノードとしてのギアを上げる。

研ぎ澄ませ――全てを。

考えてから動いたのではダメだ。

思考ではなく、本能を信じて突き進む必要がある。

ウルスムスが距離を取ろうとする。

即座に詰めて、その動きを許さない。

相手を罵倒してやれば、あいつは激昂しながらこちらへ向かってきた。

遠距離から一方的に潰すだけじゃあ、お前のプライドが許さないもんな。

俺程度、完膚なきまでに圧倒しなくちゃいけないと思うほど、自尊心が高くて助かるよ。

再び近距離戦。

ウルスムスの方も慣れてきて、千日手になりつつあることを察してか、近距離戦の距離を保ったままで魔法の発動準備をし始める。

ウルスムスの大気を割るような一撃を躱し、横っ腹狙ってカウンター。

パリンと結界が割れるところまでは、いつも通りだ。

再度後ろに下がろうとする俺を、ウルスムスが睨む。


「ファイアアロー」


そしてそのまま、炎の槍を放ってきた。

ウルスムスは己の火魔法の後ろへぴったりとつき、己の姿を隠した。

俺もようやく攻撃のモーションが終わったばかりのため、あまり派手な回避軌道は取れない。

なんとか必死に剣を上げ、被弾面積を減らすのが限界だった。

ウルスムスが放てば、ただのファイアアローでも上級火魔法並の威力へ早変わりする。

魔法はそのまま着弾。

俺は炎に包まれ――。

「ほぅ……無傷か」

炎が晴れ、姿が見えた俺に、ウルスムスが意外そうな顔をする。

俺は今、上にローブを羽織りその下に鎧を着けている。

つい先ほど、さらにその下に着ている鎧下までウルスムスに斬られてはいるものの……攻撃を食らったはずの俺は、魔法によるダメージを受けていない。

不思議そうな顔をするのも当然のことだ。

まあもちろん、種明かしなんかしてやらんがな。

「まだまだ行くぞっ！」

ウルスムスが種について考える時間を与えぬよう、多少無理をして俺が攻め手に移る。

さっきのペースのままいけば、魔闘気が解けるタイミングは若干ウルスムスの方が早いだろう。

少々消費量を増やしても、解けるタイミングはほとんど同じになってくれるはず。

そんな希望的な観測を持ちながら、直剣を固く握る。

全身を一本の鞭のようにしならせ、剣を打ち付ける。

対するウルスムスは、軽く振りかぶっただけで俺の攻撃を受け止めきってみせた。

これが今の、二人の膂力の差。

けれど動きさえ読み切っていれば、打ち合うことは十分にできる。

若干威力は俺の方が高かったようで、ウルスムスの腕が少しだけ後ろに下がる。

ウルスムスはそれを理解してから、下がる腕に力を込め、グッと押しとどめる。

そして強化した腕力を存分に使い、打ち負けていた剣を、倍する腕力で強引に前に出した。

真っ向からの力比べは下策。

攻撃の軌道は読めていたので、俺は屈みながら仕込み杖の中心部目掛けて剣を打つ。

真っ直ぐ俺の方へ向かっていた力が、下からの攻撃で方向をねじ曲げられる。

結果としてウルスムスの一撃は何もない中空を裂いた。

攻撃を跳ね返した反動を更に前進することで利用し、俺の体重を加えて突きを放つ。

それに対しウルスムスは、力任せに仕込み杖を戻して防御姿勢へ入った。

その反応を予測していた俺は——ぶつかる寸前で剣を引く。

「——っ!?」

全力の一撃に見えるこの突きも、フェイントに過ぎない。

直ちに放った二撃目の突きを、驚くウルスムスの顔面目掛けて放つ。

再度結界が破れる音。

相変わらず硬度は維持したままだ。

攻撃をされたことで逆上したウルスムスが、更に出力を上げる。

気力の残量を気にしているのか、全力で俺へと突貫してくる。

みるみるうちに怪我が増えていくが……これならまだ、ギリギリ許容範囲内だ。

さて……もう少しだけ粘るとしよう。

攻撃を受け、弾き、返し、そして食らう。

余波で肉体が弾け、それをなんとか隙を見つけては回復する。

更に威力の上がった攻撃に、さすがに回避に全力を注がざるを得なくなった。

傷が増え、血が流れ、回復魔法の使用すら許さぬほどに攻撃の勢いが激しくなる。

ここからは根比べだ。

俺が死ぬのが早いか、ウルスムスの魔闘気が切れるのが早いか。

果たして、軍配が上がるのは――。

「ほとんど、同時か……」

膝を折り、やってくる虚脱感と戦いながら、そう独白する。

激しい光が、ゆっくりと弱々しい物へと変わっていく。

ウルスムスの身体から、そして俺の身体から、閃光が消え、空気へ溶けていった。

纏っていた赤いオーラが消えると、全身が一気に重たくなった。

魔闘気を使うために、気力と魔力を使いすぎたこと。

そして魔闘気による強化が、気力のみによる強化へ切り替わったことで、身体が重くなったのが
その原因だ。

俺の方は魔力が切れたため、内側で気力を循環させ強化を最小限で行っていた。

対しウルスムスは気力が切れ、強化魔法によって運動機能を向上させているため、魔闘気と比べると薄くなった赤いオーラが立ち上っている。

「クソッ……げ、下民の分際でぇ、生意気なっ……」

俺の方もまったく余裕はなく、なんとかして立ち上がるのが精一杯だった。

指先が痺れ、頭の回転が鈍くなり、視界がぼやけて見える。

完全に魔力欠乏症の初期症状が出ていた。

今この瞬間に攻撃をされれば、間違いなく抵抗できずにモロに食らうことになるだろう。

だがそんなことは気にせず、俺は『収納袋』から取り出した魔力ポーションを呷った。

なんとか、最低限度の魔力を回復したところでホッと息をつき、なんとかして顔を上げる。

するとそこには、俺と同様かなりキツそうな様子のウルスムスの姿があった。

ウルスムスの方は、ぜぇぜぇと息を吐いていた。

俺より幾分か辛そうに膝に手を当ててなんとか立っている感じだ。

こいつの場合は、切れたのが魔力ではなく気力である分、全身を襲うだるさは相当なものになっているはず。

気力は循環する、どちらかと言えば内側の、臓腑に関連したエネルギーであり。

魔力は放出することを目的とした、どちらかと言えば外側に指向性のあるエネルギーだ。

身体を動かす分には、気力切れの方がしんどいのは間違いない。

気力の場合は、ポーションでも回復ができず、自然回復を待つしかないしな。

俺は最低限の魔力が回復したことを確認してから――『収納袋』から大量の魔法筒を取り出す。

そして中に入っている下級の属性魔法を、ありったけウルスムスにぶちまけていく。

当たり前だが、そんなものではウルスムスの張っている結界を破ることはできない。

俺が何をしているかを理解したウルスムスが、いやらしい笑みを浮かべる。

「ハッハッ、悪あがきはよせ。そんなもんじゃ俺の結界を破れないことくらい、さすがのお前にもわかるはずだ」

ドンッ、ドンッ、ドンッ！

俺はウルスムスにはまったく取り合わず、ひたすら『魔法筒』を使い続ける。

もちろん結界は一枚たりとも割れず、ただウルスムスの下に魔法が飛んでいっては、弾かれて周囲に飛び散っていくという繰り返しが何度も続いた。

さすがにイラついたのか、ピクリと眉間に青筋を立てるウルスムス。

自分がおちょくられているとわかったのか、ギロリと俺の方を睨んでいる。

「無粋な……魔導師の神聖な戦いを、道具で汚すか。お前はやはり、宮廷魔導師たる器ではない。アルノード……お前はここで、死ね」

ウルスムスの右手に凝集された、爆発的な魔力の高まり。

間違いなく、あいつが打てる最大威力の魔法が来る。

俺が一発でも食らえば、ひとたまりもないような――恐らくはウルスムスが個人で開発した、超級魔法が。

避けるだけの余裕はない。

『魔法筒』を握る手も震えており、まともに移動ができる状態ではないからだ。

俺は自分目掛けて魔法を放とうとするウルスムスを見て――笑う。

そして思い切り息を吸い込み……叫んだ。

「――やれ！」

「はいはい、相変わらず隊長は人使いが荒いネ」

魔法が現象として現出する直前、第三者の場違いに陽気な声が響く。

そして……全力で放たれた一撃が全ての結界を割り、ウルスムスを思い切りブッ飛ばした――。


結界ごとウルスムスをぶち抜いたのは、限界ギリギリまで酔いを回らせたライライだ。

ウルスムスの結界をまともに打ち抜ける面子（メンツ）は、現状だとマックス打点のライライしかいない。

俺がわざとらしく『魔法筒』を打ちまくり、派手に魔法をばらまいていたのは、遠くからこちらを観察していたライライたちに機がやってきたことを知らせるためだ。

ウルスムスの感知能力は確実に俺より高いため、かなり遠くに待機させていたからな……。想定より来るまでに時間がかかったので、正直ヒヤヒヤものだった。

ライライの一撃を食らったウルスムスは、自分の身に何が起きているのかもわからぬまま、バウンドしながら地面を転がっていく。

拳の形に凹(へこ)んだ頬は赤く腫れており、その目は驚愕(きょうがく)に見開かれている。

「アハハッ、いけるとこまでいくヨ～！」

「ごっ、がっ、ぶふっ!?」

右ストレート、引いて溜めを作りながら左で再度ストレート。

息つく暇なく、アッパーカット。

空へ打ち上げられたウルスムスの腹を、先回りしたライライが打ち抜く。

両手を固く結んで放った一撃に、ウルスムスが地面へ思い切り叩きつけられた。

衝撃波が発生し、地面にはクレーターができる。

「これでラストッ！」

ライライは中空でくるりと一回転し、勢いを増したまま思い切り高度を下げていく。

グッと握られた拳が、気力の凝集により発光している。

そして放たれる、全力の一撃。

ドッと土煙が舞い、視界が一気に閉ざされた。

ライライはラッシュを終えると同時に、即座に後退。

徐々に魔力欠乏症から回復しつつある俺の下へとやってくる。

そして観戦、というかライライの連撃を観察しているうちに、エンヴィー・マリアベル・エルルの三名が俺の周囲を固めるかのように立っていた。

「隊長、ご無事でしたか？」

「ああ、なんとかな。魔闘気は削った。あとはエンヴィーたちでも戦えるところまでは、もってけたはずだ」

「身体……ボロボロ」

「治す暇がなかったからな」

言われて気付いたので、応急処置だけで済ませていた箇所へポーションを振りかけていく。

合わせて魔力貯蔵型の『回復』の魔道具を使って、傷を完全に癒やしていく。

気力をグルグルと回すと、内側に籠もる熱が少しだけマシになった。

「これで、終わり……」

「――な、わけがない。見ろ、あれを」

俺の視線の先、土埃（つちぼこり）が舞うクレーターの中心部には……立ち上がりこちらを睨んでいるウルスムスの姿があった。

頬にはわずかに赤みが差しているが、既に腫れは引いている。

隠蔽が上手いせいで、総量の把握はできていないが……まだまだ魔力には余裕がありそうだ。

「雑種が……お前、魔導師の神聖な決闘をなんと心得ている!?」

口から泡を飛ばしながら叫ぶウルスムス。

俺と戦う前のような余裕の表情は、既に消えている。

俺への憎悪とプライドを傷つけられた怒りで、完全に周りが見えなくなっている。

……よし、もっと俺を見ろ。

いや、今はもう違うか。

もっと、俺たちを見ろ。

「生憎俺は、最初から一対一で戦うとは言っていない。これは決闘じゃなくて戦闘だよ。何人でかかろうが、最後に勝てばいいのさ」

「貴ィ様ァ……」

「今ならウルスムスとほぼ同等の戦いができるはずだ。俺は待機して回復に専念するから、しばらくの間はお前たちが時間を稼いでくれ」

「「「はいっ！」」」

既に傷は癒えてはいるが、全快には程遠い。

全身がまだかなりだるいので、接近戦も先ほどのようにはできないだろう。

そのためエンヴィーたちは、俺を背後に置き去りにして前へと駆けた。

彼女たちの動きは、どこかぎこちなく、固かった。

だがそれも当然。

今から戦おうとしているのは……かつて自分たちが住んでいた場所を属州へと変えてしまった、最強の魔法使い『七師』のその一角であるウルスムス。

俺がかなり削ったとはいえ、あいつはデザントで十指には入るだけの男なのだから。

（だがそのための備えはした。あとは仕上げをご覧じろ……俺は一刻も早く、戦線に復帰しなくちゃいけないないな）

エンヴィーたちの装備は、いつもの『ドラゴンメイル』ではない。

今の彼女たちはプリズムの鎧を身に纏っており、兜を着用し肌が出ないようしっかりと全身を防護している。

既に日が落ち始めており、太陽光はない。

そのため反射する光自体が少なく、闇の中にいるために本来なら見える七色の反射光はない。

全身をがっちりと防御しているのは、そうでもしなければウルスムスの火魔法に対抗することができないからだ。

ウルスムスの全力の火力を食らえば、たとえ気力で強化をしていようと消し炭にされかねない。

エンヴィーは正面から、エルルは右から、マリアベルが左から。

三方からウルスムスへと近付いていき、ライライは闇に溶けてその姿を隠した。

ウルスムスはエンヴィーたちの動きを見て、即座に魔法を放つ。

その方向は……上。

「我の太陽(ジャンゴ)！」

ウルスムスは火魔法を宙に滞空させることで、擬似的な太陽を造り出す。

その光源により、後退していた俺と背後から回り込もうとしていたライライの姿が露(あら)わになった。

警戒すべきは未だ戦闘能力を残している俺と、先ほど結界をぶち抜いたライライ。

戦力的に優劣をつけ、優先順位が高い順に処理をした結果だろう。

だがエンヴィーたちは……決してそのへんの雑兵じゃないぞ？

「シッ！」

「そこっ！」

左右からの同時攻撃。

開かれたドラゴンの顎が閉じるかのように、二振りの『龍牙絶刀』がウルスムスへと吸い込まれてゆく。

パリンッ、パリパリッ！

結界が破られる様子が、俺がいる場所からもはっきりと見える。

夜の闇に溶け込んでの奇襲を警戒するため、どこかの誰かさんが光源を出してくれたからな。

しかし……さっきより、少し身体に近いな。

あれだと結界の枚数も、五枚前後になるのではないだろうか。

いくら『七師』とは言えど、手負いの状態で回復を優先させれば、即座に十枚近くあった結界全てを再度張り直すことはできなかったと考えるべきか。

「チイッ、水辺に集(たか)るウジ虫共がっ！」

ウルスムスが必死に応戦しようとするが……エンヴィーたちはその攻撃を読み切り、完全に捌いていた。

そもそもが三対一である。

いくら身体能力で勝っていようとも、ウルスムスが近接戦闘一本だけを愚直に極めてきたエンヴィーたちを相手にするのは厳しいものがある。

「――取った！」

エルルが最後の一枚の結界を割る音が聞こえる。

自分が、『七師』でもない……あいつからすれば人ですらない属州民相手に苦戦していることが我慢ならないのか、ウルスムスは顔を真っ赤に変色させ、鬼面のような表情を浮かべているのが、ここからでもよく見えた。

エルルが最後の結界を割り、エンヴィーがその隙間に剣をねじ込む。

剣はウルスムスの腹部目掛けて放たれ――そのまま突き立った。

そのままマリアベルが脚部目掛けて突きを放ち、それも命中。

三人が距離を取るのと同時に、ライライが思い切りウルスムスの背中を打ち付けた。

攻撃をすべて食らったウルスムスは、再度地面に打ち付けられた。

エルルたちはアイコンタクトをしたあと、そのまま連撃の姿勢に移る。

今の一連の攻撃だけでは仕留めきれてはおらず、距離を取ればウルスムスの魔法の餌食になりかねないからという判断だろう。

それは正しい、俺もそうすると思う。

だがなんだろうか、この感覚は……。

「……ふっ……」

ウルスムスの吐息が漏れる。

――瞬間、悪寒がした。

背筋に氷水を垂らしたような、冷たい気配が。

「下がれっ！」

俺が叫べば、即座にエルルたちは追撃を止め後退する態勢に入った。

彼女たちが脇目も振らず後退するその背中に、衝撃。

魔力による衝撃波――マジックインパルスが質量を伴い、エルルたちを吹っ飛ばした。

俺の方にまで余波が飛んでくる。

同じくマジックインパルスを返すだけの魔力的な余裕がないので、しっかりと踏ん張ってその衝撃を受け止める。

ピリピリと、肌に突き刺さるようなプレッシャー。

毛穴が収縮し、粟立つ。

それは今日何度も繰り返してきた攻防のどれよりも、俺に命の危険を伝えてくれていた。

「ふっ……あっはははははっ！」

目を見開く俺と、衝撃から地面に転げているエンヴィーたち。

自分が戦っている者全てを嘲笑うかのように、ウルスムスは腹を抱えて笑い出した。

「アッハッハッハ！――死ね」

業火が、網膜を焼かんばかりの激しい炎がウルスムスの周囲に、とぐろを巻いていく。

ドンドンと大きくなってくる炎の渦が、拡がるのを止め、その破壊力を内側に溜めていく。

そして……発散。

炎が迫ってくる。

空から、地面から、そして中空から。

この世界の全てが、炎に包まれてしまったかのような光景だ。

これは間違いなく、ウルスムスの放つ超級魔法。

恐らくは――数万人の人間を焼き殺したという、大規模殲滅魔法だ。

その余波でデザント兵を焼き殺せるだけの魔法。

中心部に近い場所で食らえば、果たしてその威力はいかほどか。

俺はウルスムスからようやく大規模殲滅魔法を引き出すことに成功し――ほくそ笑んだ。

隠蔽していても、魔力の残量がかなり少なくなっているのは、ウルスムスの疲れた様子を見れば明らかだ。

よし、もう一押し――。

俺は迫り来る炎へ、自ら近付いていく。

そして炎の渦へと飛び込み――そのままウルスムス目指し、全力疾走を開始した。

炎へと飛び込んだ俺は――若干の熱さを感じながらも、魔法を抜けひたすら直進し続ける。

ちらちらと揺れている火の向こうには、俺と同様ウルスムス目掛けて駆けているエンヴィーたちの姿が見えた。

「な、なぜだ……なぜ俺の魔法を受けて、そのままごべぇっ!?」

一番最初に到達したのは、あらかじめ距離が近かったライライだ。

彼女の拳が結界をぶち破り、再度ウルスムスを捉えた。

今度は顔を殴られたウルスムスが、吹っ飛んでいく。

ライライはマジックインパルスも耐えてみせたため、エンヴィーたちとは違い至近距離を維持できていた。

その分より強烈な熱波は食らったようだが……幸い、使っている武器にも問題はないようだ。

オリハルコンは耐熱性が高いとはいえ、ガントレットの内側は相当な火傷を負っているはずだ。後で治してやらなくちゃな。

ウルスムスはそのまま、俺目掛けて飛んでくる。

パンチによる推進力のおかげで、ドラゴンの滑空並の速度が出ている。

「くっ……お前のせいでえっ!!」

ウルスムスは仕込み杖を掲げ、刺突の姿勢を取っている。

宙を飛んでいるため踏ん張りはきかないだろうが、体重を乗せた一撃であれば威力は十分という判断だろう。

「よし……これでようやくっ!」

だがその判断は誤りだ。

ライライの拳打で飛ぶスピードは、今の魔闘気なしの俺の、気力による身体強化で出る速度よりもずっと遅い。

痛みに慣れていないのが裏目に出たな。

これからは結界魔法で守るだけじゃなく、きちんと攻撃を食らってから回復するやり方もやっておくといいぞ。

交差、瞬間の沈黙。

瞬きにも満たぬ間に、いくつもの攻防が繰り広げられ――ウルスムスの右腕から、血しぶきがあがる。

こうして俺はようやく、ウルスムスにまともな一撃を食らわせることができた。

ここまで本当に長かったぞ……。

俺の一撃を食らい、ウルスムスはさすがに踏ん張ってから大きく後退。

しかしそこには、攻撃準備を終えているエンヴィーたちがいる。

彼女たちも一部火傷をしている箇所はあるだろうが、問題なく動ける範囲に収まっている。

想像以上にダメージを受けていないその様子にウルスムスが驚き、距離を取ろうとする。

既に何発も攻撃を食らい、おまけに俺の一撃によろめくウルスムス。

いかに『七師』とは言えど、ここまで手負いの状態になれば、決して手の届かない天上の相手ではなくなる。

未だ傷らしい傷は負っておらず、万全に近い状態のエンヴィーたちが突貫する。

彼女たちの握る『龍牙絶刀』からは、白い靄が立ちこめていた。

ドラゴン素材を使った武具は、体力を消費することで、性能を底上げすることができる。

気力ともまた違い、直接的に生命力を使うその一撃は、一度の戦闘でそう何度も使える代物ではない。

数度も使えば立てなくなるほど消耗してしまうその一撃の使いどころを、彼女たちは今この瞬間だと睨んだようだ。

ウルスムスが、犬歯を剝き出しにしながら叫ぶ。

エルルが彼の足を裂いた。

腱が断裂するブチンという音が聞こえる。

エンヴィーが利き手である右手を斬った。

切り飛ばすには至らなかったが、上手いこと傷をつけたからか血が噴き出す。

そしてマリアベルの攻撃が、ウルスムスの顔面目掛けて放たれる。

目を貫通しそのまま脳を狙いに行く、一撃必殺のその突きを……ウルスムスは強引に身体を動かし、口で受け止めた。

口中が切れ、歯が鳴ってはいけない音を鳴らすが……ウルスムスはありえないことに、攻撃を完全に口で防ぎきる。

彼はそのまま驚愕に目を見開くマリアベル目掛け――地獄の業火を発動させた。

「チッ……これはいったい、どういうことだ……？」

ウルスムスが剣を吐き出し、マリアベルたちが再度下がる。

『七師』の魔法を食らったマリアベルは……しかし明らかな外傷を負うことなく、動きに異変もない。

さすがに自分の魔法の威力に自信を持っているウルスムスも、異変に気付いたようだ。

俺がウルスムスの攻撃を受け止めて無傷だった一回目。

ウルスムスが放った大規模殲滅魔法を食らってもダメージを受けなかった二回目。

そして今の、至近距離からの上級の火魔法を食らっても、ピンピンしているマリアベル。

三度も目の前で見せつけられれば、何か種や仕掛けがあると気付くのも当然だ。

もちろんこの奇術の種明かしはしない。

あいつが検証してくれているうちに、可能な限り削らせてもらう。

「行くぞ」

俺の言葉に従い、エンヴィーたちが前に出る。

ウルスムスを包囲するような形で俺・エンヴィー・マリアベル・エルルが前に出て、ライライは少し後方で待機。

隙あらばデカい一撃を放とうと待機の姿勢を維持している。

俺の剣がウルスムスの足を再度切り裂く。

既にエルルが傷をつけた箇所は、回復魔法で修復済みだった。

相変わらずこいつの魔法は底なしで、淀(よど)みがない。

「ファイアアロー、ファイアアロー、ファイアアロー」

ウルスムスは炎の槍で牽制(けんせい)し、二人以上を近付けないように意識しながら思考を深めている。

俺は思考によってできた隙を逃さず、その全身に傷を刻んでいく。

みんなの方も、被弾を気にせず前に出た。

そしてファイアアローを受け止め、そのままウルスムスへ攻撃を重ねていく。

強化魔法と気力強化による身体能力向上の幅は、既にウルスムスと俺でほぼ同等のレベルになっている。

十全に近いエンヴィーたちは、恐らく今のウルスムスより身体能力自体は高いはずだ。

しかし――それでも詰め切れない。

無尽蔵とでも言える魔力による、途切れることのない回復。

準備も溜めもなく発動する魔法のせいで、ウルスムスがどれだけダメージを負っても、まるで効いている気がしなくなってくる。

その分だけダメージは与えているのだが、あと一歩のところで何かが足りない。

それならばと、手数ではなく急所を狙うようにみなで標的とする箇所を変える。

頭部、首筋、脊髄。

強烈な一撃を食らえば即座に戦闘不能となるような箇所を重点的に攻めようとするが、流石にウルスムスの抵抗が激しく抜くことができない。

急所への一撃を放たれそうになると、マジックインパルスを始めとするダメージではなくショックを与える魔法で露骨な足止めをされるようになっていった。

全方位に対する攻撃だから、消費は相当に激しくなるはずだが……少しマズいな。

「……ほう、俺の火魔法は防げても、物理的な衝撃波は防げないのか」

それを理解してからは、ウルスムスは即座に作戦を変更。

火魔法を使うのを止め、他属性の魔法を放ち有効性の確認を始めた。

「ダメージは通らない……しかし衝撃だけが通る。内側にダメージが通らないような仕組みのあるマジックウェポンか。なるほど、小賢しい真似をする」

そしてとうとう、俺たちがウルスムスの魔法を割と平気な顔をして受けていた理由が看破される。

そう、俺とシュウで共同開発を行った――鎧型『収納袋』の正体を。

『収納袋』という名前のせいで、この魔道具は袋でなければならないという固定観念に縛られている。

俺がそれに気付くことができたのは、今から何年か前の話だ。

『収納袋』に込められている空間魔法というやつは、かなり使い勝手と燃費が悪い。

それこそ『収納袋』という形にしてなんとかして道具単体で使えるようにでもしない限り。

空間魔法は、元から付与魔法の才能がある奴が、『収納袋』が作れるようになるために覚える者がほとんどだしな。

さて、それなら『収納袋』が別に袋じゃなくてもと気付いてから、俺は色々と試してみることにした。

そしてリュック型の『収納袋』のような延長線上にあるものから始め、最終的には内部の空間を拡張した馬車型の『収納袋』なんてものまで作ることができるようになった。

結果として袋の形状に囚われず収納する能力を有する物を作ることができるようになったわけだ。

そこに至るまでの開発の苦労なり、空間魔法を上手く込められるようになるまでの努力なりは一旦おいておくとして。

俺はウルスムスの火魔法の対策を考え出さなければいけない時、ふとこう思ったのだ。

もしかして、防具型の『収納袋』とかも作れるようになるのではなかろうか……と。

結果としてシュウと一緒に試作をしてみると、不格好ではあるが作れるだけのめどをつけることができた。

久方ぶりにシュウと二人で共同作業を続け……そしてこの鎧型『収納袋』は完成した。

俺の場合はローブについているので、さしずめローブ型『収納袋』と言ったところだろうか。

これを作るにあたり一番難航したのが『収納袋』の持つ『収納』の力を、外に向けなければならない点だ。

というかこの調整に、ほとんどの時間を費やしたといっていい。

俺が求めているのは、究極的に言えば鎧型のなんでも入る『収納袋』ではなく、ウルスムスの火魔法を耐えられる鎧なのだ。

なのでこの外向きの『収納』の力はなんとしても必須だった。

俺が最初に目指したのは、相手の魔法攻撃をそのまま収納してしまう『収納袋』の開発だった。

けれどそちら側からのアプローチは早々に無理だとわかった。

そんなことをしては中の物も黒焦げになり、おまけに内側から焼かれて『収納袋』が燃え尽きてあっという間に魔法的な効果を失ってしまったからだ。

なので俺は工夫をすることにした。

具体的にはとにかく火に耐性のある魔物の素材を層状にして配置し、とにかく火を通さないということをコンセプトにして作らせてもらっている。

そのためこれを着ければあら不思議、ウルスムスの火魔法であってもかなりの部分を減衰させることができる。

けれどももちろん、欠点というかカバーし切れていない部分もある。

そもそも火魔法以外に対してはそこまで強い耐性がないこと、そして魔法攻撃の余波や直接のマジックインパルスなんかを使われると、それらを受け止めきることができず、衝撃そのものは伝わってしまうことだ。

ウルスムスにはそこのまだ改良の余地のある部分を、とうとう見抜かれてしまった。

けれどあいつにかなり火魔法を無駄打ちさせることができたし、さっきなんか大規模殲滅魔法を使わせることだってできた。

おちょくって頭を沸騰させる手伝いもしてくれたし、近付いてとにかく攻撃してウルスムスを削ることもできた。

開発した魔道具一つでこれだけの効果が得られたのだ。

それ以上を望むのは贅沢というもの。

さて、かなり削ってはいるはずなんだが。

ウルスムスの底は、果たしていったいどこにあるのか……。

「マリアベル、合わせてっ！」

「――おけ」

エンヴィーが姿勢を低くし、足を狙いに行く。

対しマリアベルは左側へ回り、ウルスムスの利き手を使いにくくする軌道をとった。

「ぬうんっ！」

ウルスムスは大きく剣を振りながら、マジックインパルスを全方位に放つ。

エンヴィーはその衝撃を受け少しだけ動きが強ばり、マリアベルの攻撃はウルスムスの仕込み杖によって受け止められる。

エンヴィーの攻撃は通ったが、浅い。

回復魔法によってすぐに修復され、ローブの下からは肌色が覗いた。

今度はエルルも合わせた、三人での攻撃。

マジックインパルス自体、難しい技術の一つではある。

それにいちいち全方位目掛けて使っていては、魔力消費が激しい。

そのためウルスムスは使うものを、得意の火魔法の方へ切り替えたようだ。

「紅蓮の禍津波」

ウルスムスはある程度衝撃を伴う火魔法を用いることで、俺たちの勢いを削ぐことに集中していた。

現状、ウルスムスよりもエルルたちの方が個人の近接戦闘能力は高い。

そんな状態で多対一という状況を作られるのを嫌い、多少強引に魔法で隙を作っている感じだ。

だがそれでも全ての攻撃を防ぎきることはできず、ウルスムスの全身には傷が刻まれていく。

あいつはそれを更に回復魔法で癒やしながら戦わねばならないため、戦闘に用いる魔力量は加速度的に増していているはずだ。

更には俺とライライの存在が、常にあいつの意識の一定部分を割いているのも大きい。

隙を見せれば俺たちの本気の一撃を食らう。

それがわかっているからこそ、魔力消費が多く、発動までに時間がかかる大技を使うことができていない。

そしてエンヴィーたちとの戦いに完全に意識を向けることができないため、結果として更に傷は増していき、魔力だけが延々と消費されていく……。

俺も適宜戦闘に参加し、ウルスムスの意識をこちらに向かせながら、とにかく傷をつけていく。

その度に全てを治すウルスムスの魔力は、とっくに空になっていてもおかしくはないはずなんだが……今のところ、魔力切れになる様子はない。

……俺だったら多分、既に二回は魔力が尽きているくらいの量は使ってるはずなんだが。

ウルスムスの最も威力の高い火魔法を封じ込めることができているおかげで、あいつの放つ魔法で俺たちの誰かが即座に死ぬようなことにはならない。

それがわかっているからこそ、みな果敢に攻め立てている。

魔闘気を俺が削りきることができたから。

満身創痍で、まともに防御態勢すらとれない俺を助けてくれる『辺境サンゴ』のみんなが居たから。

こうして今も、戦い続けることができている。

俺は一人では、どの『七師』にも劣るかもしれない。

でもだからこそ、こうして一度干戈を交えたからこそ、自信を持って言える。

俺だけの、じゃない。

俺たちが力を合わせれば……その矛は『七師』にも届く。

再度前進、回復魔法を使ってもその内側の熱までは取れていないウルスムスへと剣を突き立てる。

傷を癒やしながら、ウルスムスは最初と比べればずいぶんと雑になった振りで、俺との距離を引き離した。

「ク……クソがっ！　卑怯千万、お前はそれでもデザントの魔導師かっ！」

「今はリンブルの魔導師なんでね！」

明らかにウルスムスに、焦りが見えてきた。

対し俺の方は……うん、割ともうすぐ気力が底をつきそうだ。

他の面子はどうか。

確認してみれば、既にライライは酔いが回りきり眠っていた。

そしてエンヴィーたちも『七師』を相手に近距離戦を挑み続けるという、デザントの人間からすればありえないことを続けているおかげで、かなり消耗している。身体は既に傷だらけで回復が追いついておらず、その顔にはまったく余裕がなさそうで精神的に摩耗している様子も見られる。

ここまでお膳立てをして、それでも五分五分か……。

だがこの五分だけは、絶対に取らせてもらうぞ。

次に万全の状態で戦えば、俺はお前には勝てない。

だからウルスムス、なんとしてでも……お前はここで、殺す。

先ほどまで守勢に回っていたはずのウルスムスが、こちらに対してしっかりと反撃を行ってくるようになる。

俺たちの攻撃を読み切れるようになったから……ではない。

ウルスムスが自分が怪我をすることを厭(いと)わずに、確実にカウンターを当てにいく戦法へと切り替えたのだ。

既に結界は張られておらず、彼は完全に生身のまま戦っていた。

さっきまで、どんなダメージも通さぬよう結界で厳重に身を守っていたのに今は別人のようだ。

手負いの獣は我が身を顧みぬようになるというが……それと似たような感じだろうか。

戦いの中で成長をされると、こちらはどんどんキツくなってくる。

できればこれ以上の覚醒は、ごめんこうむりたいところだ。

「――ふっ！」

ウルスムスの動きのキレは、土壇場になって格段に向上し始めていた。

先ほどまで大振りだった薙ぎが次撃のための小回りの利くものへと変わり、振り下ろしの際の重心移動のやり方も最初と比べるとずいぶんと上達している。

俺たちとの戦いの中で、彼もまた成長しているのだ。

今まで足りていなかった直接戦闘の経験が、急速に埋め合わせされているのかもしれない。

だが無論、俺たちもまたウルスムスを相手に、より効率的にダメージが与えられるような動きができるようになっている。

攻撃の際の筋肉の動き、視線の配り方。

回復魔法を使おうとする際の若干の後退や、使用時にできる一瞬の隙。

そういった一挙手一投足を見逃さず、頭の中に叩き込み、攻撃をウルスムスのモーションの間に挟んでいく。

やっていることは、完全に強力な魔物相手の集団戦と同じだ。

既に俺が回復魔法を使っている時間がないため、みんなには各自持っている『収納袋』からマジックアイテムなりポーションなりを使ってもらっている。

「ふうっ、ふうっ……」

「はあっ、はあっ……」

ウルスムスの狙いは、あくまでも俺一人。

そもそもこいつは俺が気に入らなくてリンブルにまでやってきたわけだしな。

ウルスムスは俺しか見ていない。

こいつからすればエンヴィーたちは、神聖な戦闘のお邪魔虫だ。

だから可能な限り、彼女たちに前に出てもらいウルスムスを怒らせていたのだが……そんな小細工をする必要も、そろそろなくなりそうだ。

満身創痍の俺とウルスムスが向き合う。

エンヴィーたちは少し下がって、俺たちの様子を見つめていた。

全身が痛むのは、彼女たちだって変わらない。

彼女たちは黙って、後ろから戦いの行く末を見守っている。

「おい雑種、お前のペットたちはもう動かさなくていいのか？」

「ラストくらいは、お前の要望に応えてやろうかと思ってな」

「はっ、今更何を――」

最後の一撃を放てば、彼女たちもタダでは済まない。

だから下がらせたというそれだけの話。

それにエンヴィーたちは既に役目を終えている。

時間とダメージを十分に稼いでくれた。

だからあとは……俺の仕事だ。

再度回復した魔力を練り、底を突きそうになっている気力をそれに混ぜていく。

『超過駆動（オーヴァーチュア）』の超級魔法への使用……それをやらなければいけないタイミングは、今を措（お）いて他にない。

恐らく俺が現状使える魔法だけでは、ウルスムスが編み出した超級魔法に太刀打ちすることはできないからだ。

限界を超えなければならない時は――今。

さあ、これが最後の魔法だ。

お互いの全力を、ぶつけ合おうじゃないか――。

「ふっ、お前もまったく風流のわからない愚か者、というわけではないのか。やはり魔導師の決闘の最後は、己の持つ至高の魔法の撃ち合いと相場が決まっている」

目を瞑（つぶ）りながら意識を集中させていると、ウルスムスが話しかけてきた。

ゆっくりと目を開く。

不思議なことに、今のウルスムスからは険が取れていた。

彼は晴れやかそうな顔をしながら、己が放つ魔法の準備を整えている。

俺は結局……まったくと言っていいほどこいつの考えが理解できなかった。

俺に突っかかってきたところまではわかる。

デザント貴族らしい、選民意識や差別意識があったのも事実だ。

こいつは魔法で何度も無辜（むこ）の民を虐殺してきているし、意味のない殺戮（さつりく）も何度もしてきた。

だからこそ全力で、こいつを倒すために戦ってきた。

俺がやられてウルスムスがリンブルで暴れ回れば、また多くの犠牲が生まれてしまうと。

そのための魔道具を作り、仲間と共に戦い、まともに戦えば敗北は必至だったウルスムスを、ここまで追い詰めることができている。

だがだとすれば、今のこいつは……どうして俺を相手に、いっそ清々（すがすが）しそうな顔をしているんだろうか。

お前からすれば俺は、自分をあの手この手を使って殺そうとする卑劣漢だろうに。

「お前に俺が負けるはずがない……存分に用意を整えるがいい」

先に魔法の発動準備を終えたウルスムスが、魔力が凝集され光る右手を見つめながらそう呟（つぶや）いた。

多分だけど……ウルスムスの中では、自分がしていることに一貫性はあるんだろう。

ただそのルールがあまりにも独善的なせいで、本人以外にはまったく理解ができないほど無茶苦茶に見えるって話なんだろうな。

多対一で戦ったり、不意打ちや事前準備を調えたりしていた俺を殺すためなら、さっさと魔法を打ち込んでもよさそうなものだが……そのあたりには、余人にはわからない何かがあるんだろう。

「お前は……どうしてそんな顔をしているんだ？」

「——ふむ、どうしてだろうな。雑種の遠吠えを聞いていても、不思議とそれほど怒りは湧いてこない。戦いの中で精神が摩耗したからか……いや、違うな」

ウルスムスはフッと、小さく笑った。

その笑みは俺が今まで見たこいつの表情の中で、一番まともなものに思える。

つい先ほどまでブチ切れて目を充血させていた人物とは、まるで別人だ。

「俺はここ数年、これほどまでに追い込まれたことはなかった。手段は卑劣にして下劣にして、騙し討ちじみており、まともではなかったが……それでも全力を出せたという一点において、気持ちのいい戦いだった。お前もその部下もカスだが……俺が全力を以て戦えたというその一点で、全ての罪科は帳消しになる。褒めて遣わす」

俺にはまったく理解のできない理論だったが、時間をくれるというのならありがたい。

最終的な段階に至っても、相互理解には程遠かったが——不思議と俺も今は、悪くないと感じている。

やはり全力で戦うと、気分はいい。

死の危険を前にして――俺は気付けば笑っていた。

「ふふふ――あっはっはっは！」

「……ククッ」

二人とも気付いている。

この激突を最後に、立っている者はどちらか一人になると。

だがそれでも……俺たちは笑う。

そして笑い合い――その右手を、相手へと突きつけた。

「『超過駆動（オーヴァーチュア）』スターダストファイア！」

「『輝くもの、天より堕ち（ウルスムス）』！」

俺が放った魔法は、超級魔法のスターダストファイア。

星屑（ほしくず）のようなきらめきを放つ白い炎が、宙を瞬きながら飛んでいく。

ウルスムスが放った魔法は、恐らくは彼のオリジナルの超級火魔法。

本来なら広範囲に放つ超級魔法のエネルギーを一点に圧縮させることで威力を増したその炎は、まるで稲妻のようなジグザグな軌道を取ってこちらへと向かってくる。

そして両者が――激突する。

その勢いは――拮抗している。

しかし変化はすぐに訪れた。

ウルスムスの放つ、俺の放った白い光線を迎え撃たんとする稲光。

それが左右に大きくブレて、俺の魔法をまるごと飲み込みにいくような軌道に変わった。

やはり威力でいけば、ウルスムスの魔法の方が高い。

このままでは俺の魔法は寸断され、そのままウルスムスの魔法に押し切られてしまう。

このままではまずいと魔力を継ぎ足し、再度魔法同士を拮抗させる。

気力を混ぜ合わせることで更に威力が上がり、今度は若干こちらが優勢になった。

「はぁぁぁぁあっ！」

「があああぁぁっ！」

押し合い、引き合い、駆け引きをし。

自分が振り絞れる力の全てを引き出し、それを分配して魔法に乗せていく。

相手が威力を上げればこちらも更に上げる。

こちらが上がれば、相手もそれに呼応して出力を上げていく。

両者ともに際限なく上昇していくように思えた、この魔法のぶつかり合いの結果は――。

最終的には、仲間と戦うことで力を温存することのできた、俺の魔法の勝利で終わった。

そしてウルスムスは輝く炎へ飲み込まれていき――魔法がその効果を発揮し終えてもなお、その場に立ち続けていた。

だが着用していたローブは抜け落ち、力を失った手が仕込み杖を落としており、既にその身体から生気は感じなくなっていた。

「俺は……負けたのか……」

ウルスムスは右膝をつき、そのまま地面に倒れ込もうかというところで歯を食いしばる。そしてなんとか踏みとどまり、左手で左膝を摑んで上体を起こす。

「一対一で戦っていれば……負けていたのは俺の方だ」

「人に貴賤はあれど、勝利に貴賤はない。勝ったのがお前で、負けたのが俺。それが全てであり、それ以外の全ては不要なのだ」

「そうか……それじゃあ、またな」

「次があるのか？」

「俺もお前も、堕ちるのは地獄だ。だから次はあの世で戦おう……一対一で」

「――はっ」

ウルスムスは何も言わず、鼻で笑うだけだった。

結局こいつは、戦い自体は終始正々堂々としていた。

世間的に見れば、今回悪の側になるのは間違いなく俺だろう。

だがそれでも……構わない。

「介錯は不要。このウルスムス、死ぬのに人の手は借りん」

ウルスムスはそれだけ言うと、パチンと指を鳴らした。

彼の身体が、炎に包まれていく。

もう何度見たかわからない、圧倒的で、威圧感を感じさせる焔。

ウルスムスはそのまま……炎の中へと、消えていった。

# 第五章 ✦ 戦い終わりて……

「セリア、もういいぞ」

「はぁ、結局出番ありませんでしたねぇ……」

俺は正直なところ、ウルスムスと戦えば『辺境サンゴ』の力を結集させても負けると踏んでいた。

正確に言えば一手が足りず、力及ばず負けると考えていたのだ。

なのでセリアには、その足りない一歩を埋めてもらうつもりだった。

俺が合図を出したらアルティメット・ゾンビを使ってウルスムスをゾンビ化させてしまうか、結界を完全に壊したタイミングで即死魔法を使って殺す手筈になっていたのだ。

だからこそ彼女は常に離れたところで、いざという時に動いてもらうための準備をしてもらっていたのだ。

だが結果だけ見れば、その必要はなかった。

彼女に無理をさせずとも、俺たちだけの力で勝つことができたからだ。

「勝てたのか……」

「勝っちゃいましたねぇ……」

俺が呆けていると、後ろの方からエルルたちが飛びついてくる。

勢いがすごすぎて思わず倒れそうになるが、そこは男の意地でなんとかこらえた。

「勝ちましたっ！」

「ああ、勝ったな」

「私たち……あんまり役に立たなかった」

「いや、俺だけじゃ勝ててなかったさ」

「でも本当に、よく勝てましたね」

「ああ、俺もどうして勝てたのか不思議だ」

いったい何を見誤っていたんだろう。

俺たちの戦力を低く見積もりすぎていたのか、ウルスムスのそれを高く考えすぎていたのか……。

少し考えて、なんとなく推測が立った。

俺は多対一を仕掛けた段階で、ウルスムスに他のメンバーを人質に取られる可能性を想定していた。

あるいはその中の誰かが殺されてしまうことも考慮に入れていた。

しかしウルスムスはそのどちらもしなかった。

彼は寝ているライライを人質にとって俺を殺そうとはしなかったし、エンヴィーたちの命を奪うこともしなかった。

最後に放ったような超級魔法をエンヴィーたち目掛けて使われていれば、鎧型『収納袋』を貫いた可能性は十分にある。

けれどアイツは最後まで、あくまでも俺と戦っていた。

そのこだわりに助けられた……ということなんだろう。

相互理解ができていれば……ウルスムスと戦わずに済んだり、仲間に引き入れることができたりするような展開になった可能性もあったんだろうか。

最初から対話をする選択肢を捨てていた俺は、間違っていたんだろうか。

「彼が虐殺を起こしていたことは事実ですのでぇ、そんなに深く思い詰める必要はないと思いますよぉ」

「……そんなに顔に出てたか」

「隊長は嘘がつけませんからね」

たしかに、ウルスムスは気まぐれに聖別と称して人を殺すような、大分とち狂った価値基準を持つ人間だ。

俺があいつに実力を認められたから、ああして会話ができていただけ……ってことか。

——そうだよな、少し考えればわかることだ。

俺とあいつが和解する展開には、絶対にならない。

今の俺が……少しばかり、感傷的になっているだけだ。

「一応、遺骨は拾っておくか」

「そうですねぇ、いざという時にはスケルトンにもできますしぃ」

ウルスムスの居た所には、真っ白な人骨が残っていた。

その身に強力な力を宿す人間の肉体は、魔物の物と同様に素材として使えるほどの硬度や魔力との親和性を持つ。

ウルスムスの骨ともなれば、ドラゴンやリッチすら霞むほどの凄まじい素材として使うことができるだろう。

セリアの手に掛かれば、それこそ最強のアンデッドの素体にすることもできるかもしれない。

……さすがに今は、そんな気は起こらないが。

今後のことも考えて、一応遺骨は持っておこう。

『収納袋』から壺を取り出し、骨にひびが入ったりしないよう、丁寧にしまっていく。

「……とりあえず、帰るか」

納骨を終え、立ち上がる。

みなからの同意は取れたので、一度街へと戻ることにした。

「うぅん、もう食べられないヨ……」

眠ったままのライライをおぶいながら、空を見上げる。

既に日は暮れ、夜が訪れようとしていた。

結局人的な被害のないまま、『七師』ウルスムスを倒すことができた。

リンブルとしても重大な脅威の一つが取り除けた。

そして俺としても『七師』相手に戦うことができたとわかったのだから収穫は大きい。

セリアの隠し球であるアルティメット・ゾンビも使わずに勝てたしな。

でもとにかく……疲れた。

しばらくの間は、のんびりと静養したい。

そうだなぁ、それこそ前にエルルが言っていたように、ガードナーあたりで静養するのがいいかもしれない。

俺たちはとぼとぼと覚束(おぼつか)ない足取りで帰っていく。

みなまったく元気はなかったが、俺も含めてその顔は明るかった――。

俺たちは強いのだ。

『七師』を相手にして、勝利を収めることができるほどに。

それがわかったことこそ、何よりの収穫――ってことに、しておこうか。

## 【side　プルエラ・フォン・デザント】

リンブル王国の中を移動し始めて早二週間。

そろそろデザントとの国境が見えてくる頃合いだ。

私は揺れる馬車の中から身を乗りだし、虚空を見つめる。

もう見ることはないかもしれない、彼の姿。

それを思い出すだけで、私の胸は張り裂けそうになる。

「……アルノード」

リンブルとの話し合いは、つつがなく終わった。

王太子殿下もお優しい方で、交渉面で齟齬(そご)が発生するようなこともなかった。

それに……アルノードと話をする機会だって作ってくれた。

私はいったいどうして、彼と会いたかったのか。

その理由は、実際に面と向かって話してようやくわかった。

私はただ、彼に謝りたかったのだ。

王族の派閥争いに巻き込まれ、デザントにいることができなくなってしまった彼に、ずっと申し訳なさを感じていた。

ガラリオ兄様が実質的な後継者レースから外れた今ならば……彼をデザントへ、連れ帰ることができる。

国内での風向きは、既に変わっていた。

アルノードの評価は上がり、ただ地味な防衛作業をサボり気味に行っていた人という査定は覆り。

彼はバルクスでの防衛を完遂させ、『七師』ヴィンランドではできなかったことをやってのけたデザントの国士だったのだと、今では知る者も増えてきている。

魔の森からの魔物の侵入が増加傾向にある今、部下と共に魔物たちを斥けていたアルノードたちの力は、デザントからすれば何をしてでも取り戻したいものなのだ。

私はお父様から話を聞いたことで、それをしっかりと理解していた。

お父様は徹底的に無駄を嫌う方だ。

その本心を告げなかったとはいえ、私にアルノードを連れ戻してきてほしいから、わざわざリンブルにまで来させたのだろう。

そしてそれに失敗した場合は……随行員であるウルスムスを使ってアルノードを殺してしまうつもりだった。

私はそれをある程度は理解した上で……それでも、アルノードに会いたかったから、ここまでやってきた。

結果としてアルノードがデザントに仕え直すようなことにはならなかった。

私にできたのは、ウルスムスが来たと忠告をするくらいだった。

これは当初の私の目的からすると、ズレているのかもしれない。

けれどしっかりと話をしたからこそ、後悔はしていなかった。

だってアルノードは――今の生活に、十分満足しているのだから。

『わかりました。アルノードは今……幸せなのですね』

『はい、プルエラ様。ですので今すぐに、デザントに戻るつもりはありません』

『そうですか、わかりました』

だったら私は彼にわがままを言って、泣き落としをするようなことはせずに……彼に新天地で、頑張ってもらうことにした。

私ばかりがわがままを言っていてはダメ。

もっと前を、向かなくちゃ――。

「デザントに戻ったら、私も頑張らなくっちゃ。私も尋ねられた時に……今が幸せだと、そう返せるように」

馬車が前に進んでいくと、国と国を分ける境界線が見えてくる。

既にウルスムスの姿はない。彼が戦いの末にどうなったのか、その結果を私は知らないけれど。

アルノードが勝ち、ウルスムスは負けたのだろう。

デザントの人間のくせに、私はそうあってほしいと思っていた。

ウルスムスが帰ってきていない現状から、願いは確信に変わる。

我がデザントは、アルノードに加えて更に一人の『七師』を失ってしまった。

これから国防はより難局を迎えることになるだろう。

国と国の間の境目を抜ける、その瞬間。

私はデザントとリンブルが切り替わるのと同時に、気持ちも一緒に切り替える。

お父様の思惑もウルスムスの考えも、私にとっては知ったことではない。

故に私は未練を断ち切るのではなく、私なりにできることを、私の意思ですることにしよう。

私は、アルノードが自分から来たくなるような場所を作りたい。

それができたら、今度こそ、彼は――。

【side　ソルド・ツゥ・リンブル＝デザンテリア】

「……まさか本当に、勝ってしまうとは」

アルノードからの報告を聞き、素直な感想を述べる。

避難誘導に俺の名前を使ったこと。

その際に面倒のいくつかを背負い込まされたこと。

こいつからの報告は、それら全てがどうでもよくなるような内容だった。

まさかやってきたのが『七師』で……しかもそれを倒しただと？

どこからどこまで本当なのか、判断に悩む。

いっそのこと全てが作り話だと言われた方が、納得できるくらいだ。

「何か証拠とか……ないか？　ちょっと今回ばかりは、いささか荒唐無稽だと……」

俺が若干気まずさを感じながら言うと、アルノードは少し悩んだ素振りをしてから……スッと

『収納袋』から何かを取り出した。

それは……誰かの頭蓋骨だった。

ただの人骨は、見慣れている。

俺とて戦場に出たことは一度や二度ではない。

火魔法で焼け焦げた者や、火葬した兵たちの骨だけになった遺体など何度見たかわからない。

だがそれは……俺が今まで見てきたどんな骨とも違った。

まず色が白い。

本来なら黄色がかっているはずのそれは、新品の魔物の牙製の剣のように不自然なまでに白かった。

そしてなぜかその骨は……うっすらと光っていた。

魔道具のランプにも満たない淡い光だが……骨が光っていることそれ自体が異常である。

内部に大量の魔力を宿した素材は、光ることがあるという。

例えば鉱床から採ったばかりのオリハルコンなどは、地脈の魔力を吸い上げ続けたせいで、しばらくの間は強い光を発すると聞いたことがある。

顔を上げ、頭蓋を手に持つアルノードの顔を見る。

眉間に皺(しわ)を寄せ、口を引き結び、ジッと骨を見つめている。

非常に複雑そうな顔だ。

それほどまでに、彼との戦いは激しかったのだろうか。

スッと骨をしまう彼を見ても、俺は何も言うことができなかった。

『収納袋』の中へ入れてから、アルノードは再度顔を上げる。

その時にはもう、先ほどのような不満げな顔はしてはいなかった。

「今のが、ウルスムスの頭蓋骨です」

「たしかに……並大抵の人骨ではなかった」

なんというか……触れれば今にも動き出すかのような恐ろしさがあった。

あれが『七師』のものだと言われれば、さすがの俺でも納得せざるを得ない。

「ご苦労だったな」

「いえ、ですが少々疲れました……」

「それはそうだ。気ままな冒険者生活をさせてやれなくてすまないな、今日はゆっくり休んでくれ」

「はい、失礼します……」

本当に心労が酷(ひど)いのか、アルノードはそのまま部屋を出て行った。

後には俺と、後ろに控えている使用人と騎士だけが残る。

（まさかここで『七師』同士……いや、元『七師』と現『七師』との戦いが起こるとは。しかもそれが、アルノードたちの勝利に終わるとは、正直なところまったく想定していなかった）

『七師』とは、周辺国や属州において非常に大きな存在だ。

有事の際は彼らがやってきて、自分たちの土地を根こそぎ壊し尽くしていく。

デザントという国の恐ろしさの一端を担っているのは、間違いなく彼らだからだ。

けれど今、その一角がリンブルへ鞍替えをし、更にもう一人の『七師』を倒すことに成功した。

さすがにいなくなればすぐに補充というわけにもいかないだろうから、これでしばらくの間、デザントは『七師』の二人欠けた状態で外征と国内統治を行わなければならなくなる。

アルノードたちが行っていた東部天領の防衛についても考えれば、余力もかなりの部分はなくなるはずだ。

となると……更なる好機が、やってきたというわけか。

今のうちになんとしてでも、アイシアたちを継承レースから引きずり下ろす。

そして後顧の憂いがなくなった段階で、俺が各国を説き伏せてみせよう。

デザントの落日が……まさか本当に見えてくるところまで来るとはな。

アルノードが来るまでは、考えられなかったことだ。

白鳳騎士団の装備が揃えば、彼らをトイトブルク周辺へ派遣させることもできる。

魔道具の整備も揃っているという話だし……『辺境サンゴ』に最低限の人員さえ派遣してもらえれば、あとはなんとかできるところまでもっていけるはずだ。

ここ最近、アルノードを始めとする『辺境サンゴ』には少々働いてもらいすぎている。

未だ不透明な国際情勢ではあるが、今からしばらくの間くらいは、彼らにゆっくりしてもらってもいいはずだ。

ここまでお膳立てをしてもらったのだから、俺が国内の派閥争いで負ける道理もない。

そういえばアルノードは、以前ガードナーでのんびりと暮らしたいだとか言っていたな。

それならその願い、俺が叶えてやることにしよう。

もちろん、これだけで大恩が返せたとも思っていないが……英雄たちにも休息は必要なはずだ。

こちらが楽をさせてもらった分、しばし彼らには静養してもらうことにしよう。

俺はそう決め、即座に文官を呼び出し、諸々の手続きを進めてしまうことにした——。

# エピローグ

ウルスムスとの激闘を終え、俺は再度魔道具造りに集中することになった。

のめりこむとか、没頭していると言った方が近いかもしれない。

なんだか何か考える暇を持っていたくなくて、結果として暇を埋めるかのように魔道具造りばかりを繰り返していた。

することと自体はなくならなかったので、手すきの時間ができるようなことはなかった。

……まあ全部俺がやる必要があったかと言われると、少しばかり疑問ではあるのだが。

そんな日々をまた繰り返している間も、『辺境サンゴ』のみんなは頑張っていた。

今ではセリアが悪魔とアンデッドたちを引き揚げても、なんとか防衛が可能になるほどに、状況は改善してくれている。

ソルド殿下の白鳳(はくほう)騎士団も、現地では頑張っているらしい。

そういう話を聞くと、頑張ってマジックウェポンを作ってよかったと思えてくる。

あれからまたエンヴィーたちとは離ればなれになったので、俺はしばらく魔道具班や生産班とばかり行動をしていた。

男所帯のこの場所は気楽でいい。

適当に酒でも飲めば、ぐっすり眠れる。

そして朝になったら、また夜まで仕事を続ければいい。

そんな毎日を送っていると、ソルド殿下から呼び出しがかかった。

招かれて話をしてみると、殿下は思ってもみなかったことを俺に言ってくる。

「アルノードも含めて、『辺境サンゴ』の面々はしばらく休んでいろ。あとは俺たちだけでなんとかなる」

「はぁ……？」

小康状態になったとはいえ、『辺境サンゴ』から各貴族家の騎士団への申し送り事項の伝達もまだ終わってはおらず、戦力の移動は完成していない。

領地の奪還までも、手が及んではおらず。

そしてリンブルの内部では、アイシア第一王女が未だに虎視眈々と機会を窺っている。

彼女が下手を打てば、国内で内戦が始まってもおかしくはない。

だから少なくとも、まだまだ安心できる状態ではない。

俺たちの力は、ソルド殿下からすれば喉から手が出るほど欲しい状態のはずだが……。

「お前、ひどい顔してるぞ」

「そうでしょうか……たしかに最近、生活が不規則で不摂生だった気はしますが……」

『収納袋』から鏡を取り出し、覗いてみる。

うーん……たしかにいつにもまして疲れたような顔をしている。

よく見れば目の下に隈もできているし、肌にも張りがない。

……こうして改めて見てみると、なるほどたしかにひどい顔をしているな。

疲れている……というか、自分から疲れにいっているんだよな。

自分でも、仕事に逃げているという自覚はある。

誰からも止められずに、仕事に全力な面子の中だから問題にはなっていなかっただけだ。

その原因は……やはりウルスムスとの戦いにある。

匪賊討伐や戦争で人を殺したことは何度もある。

けどあの戦いは……それらとは何かが違っていた。

今も俺の心には、何かわだかまりのようなものが残っている。

剣術の達人は、一合切り結ぶだけで相手のことを感じ取ることができるらしい。

だとすれば俺もウルスムスの魔法で、何かを感じたということなんだろうか。

なんにしても……たしかにこのままじゃ、ぶっ倒れてもおかしくない。

ここはソルド殿下のご厚意に、甘えさせてもらった方がいいかもしれないな。

「俺たちがいなくて、問題は起こりませんか？」

「起こるかもしれん。だが、そうではないかもしれん。そんなのはやってみるまでわからない……が、今ならばもう、いざという時に助けを呼ぶこともできるだろう？」

「それは、たしかにその通りです」

俺が没頭していた仕事の中には、シュウと一緒にやっていた『通信』の魔道具造りも含まれている。

最近は純粋に距離を伸ばしていく方面の研究が進んでおり、通信可能な距離はどんどんと伸びつつあった。

『通信』の相互間の距離が長くなった場合、双方向的な通信は難しくなる。

そのため地中にケーブルを通し、導魔性の高い素材や金属を使うことで……って、また仕事のことで頭がいっぱいになりかけていた。

要はめちゃくちゃ金と人員を使えば、即時の長距離通信もできるようになってきているということだ。

まだ実験段階なので耐用年数に関しては怪しい部分があるが、俺とシュウが居て適宜直すなり指示を出すなりすれば、王都とどこかをつなぐことくらいは問題なくできる。

ソルド殿下は現在、この技術をちらつかせて商人たちからひたすらに金を巻き上げまくっているらしい。

俺とシュウに入ってくるボーナスだけでちょっとありえない金額なので、恐らく商人たちの懐は恐ろしい状態になっているのではないだろうか。

さすがに経済に支障を来すところまでぶっこ抜きはしてはいないだろうが……この人、こんな大雑把そうな印象のくせに、実際は割と曲者だからなぁ。

「まあ本音を言ってしまえばだ。多分これから、リンブルは少々きな臭くなる。そして俺は、身内の錆は自分で落としたいタイプなんだよな」

――内戦が起こっても、自分たちで処理がしたいってことか。

たしかに俺たちは少々でしゃばりすぎた。

ほとぼりを冷ます期間は必要かもしれない。

俺たちはクランの割に、少々国のために働きすぎていた。

それこそリンブルのどこかで、冒険者らしいことをやってもいいのかもしれないな。

「前にガードナーあたりにクランハウスを持ちたいって話をしてたよな？」

「はい、隊員も結構あそこが気に入ってたみたいなので」

「ほれ、いくつか見繕っておいた。ガンガン増築させて、皆が使えるようにしてもいい。そろそろ危ない最前線じゃない僻地で安定した建築をしたいって業者も増えてきている。今ならタイミング的にはばっちりだ」

どうやらいくつか候補まで探し出してくれていたようで、その全物件の家賃はなんというか……ほぼタダみたいなものだった。

殿下なりのプレゼントってことなんだろう。

ならありがたく、受け取っておくか。

ほとぼりが冷めるまで……もしくは何か有事になるまで。
辺境生活を謳歌させてもらうことにしよう。
こうして俺のガードナー行きは決定した。
俺たちは一部教導用に残した人員を除き、みなでガードナーへと向かっていく。
……冷静に考えれば、みんなで冒険者らしい生活が送れるようになるのって初めてか？
まあ、とりあえずはゆっくりさせてもらおう。
どうせまた少ししたら、忙しくなるだろうしな。

# 番外編✝アルノード活性化大作戦

それはアルノードたちがソルド殿下の許可をもらい、ガードナーへ向かう少し前のこと。

『辺境サンゴ』の幹部メンバーの女性陣は、王都にある一流レストランである『龍舌亭』へとやってきていた。

参加しているメンバーはエンヴィー・マリアベル・エルル・セリア・ライライの五人だ。

ドレスコードがあるこの店で浮かぬよう、皆しっかりとドレスを着用している。

髪色に合わせた似た系統色のドレスを着ている者もいれば、髪と瞳がより際立つように薄めの配色のドレスを着ている者もいる。

みなに共通して言えるのは、とにかく素材がいいということだ。

そのせいでここに来るまでの道中では何度もナンパと遭遇し、そしてドレスの動きづらさに辟易としながらも物理的にお引き取り願ってもらっていた。

素材こそいいのだがあまり身なりに頓着する様子はないようで、しっかりとめかし込んでいるのはエルルだけだった。エンヴィーたちはドレスは着ているものの、化粧は最低限といった様子である。

料理と飲み物が、足音一つ立てず流れるようにやってきたウェイターたちによって運び込まれてくる。

この『龍舌亭』はソフトドリンクを頼めば金貨が飛ぶほどの超がつくほどの高級店だったが、ここ最近アルノードによって配分される給金とボーナスがとんでもないことになっているため、どれだけ頼んでも懐は痛くもかゆくもない。

食事と酒の載せられた円卓を囲みながら、膝をつき合わせていた。

ライライは既に樽でワインを頼んでおり、高級な店内に蛇口のついたとんでもなく周囲から浮いているワイン樽まで運ばれてくる。

「みんな、今日は集まってくれてありがとう」

今回の集会の発起人はエルルである。

彼女たちと同じく『辺境サンゴ』の幹部メンバーであるシュウが参加していないのは、彼が関わるような魔道具の議題ではないからである。

恐らく彼が聞けば、呆れて言葉を失ってしまうことだろう。

だが当事者たちからすれば、それは決して軽い問題ではない。

エルルたちからすればあの『七師』のウルスムスとの激戦に比例……いやあるいはそれすら凌駕するほど、重大な要件といってもいいかもしれない。

なぜなら彼女たちにとって――アルノードの存在は、それほどまでに大きいからである。

「ここ最近、隊長の様子が明らかにおかしいのはみんなもわかってると思う」

「うん、ウルスムスを倒してからは、傍から見ててもわかるくらい元気がなくなってるよね」

「なぜだろ？」

「男の世界というやつですかねぇ……」

話をしながらも、料理に舌鼓を打つ五人。

魔物肉を食べやすい細切れサイズにしてから揚げたフリッターや、サラダの中に海の幸をふんだんに入れたカルパッチョ。

がっつりとした料理の合間にはキッシュや煮こごりが挟まれ、量は多くなくともたしかな満足感を得られるようになっている。

メインディッシュがやってくる前の空いた時間に、彼女たちは結論を出した。

恐らくアルノードはウルスムスを倒して、良心の呵責を感じているのだろう。

彼だって今まで、匪賊や山賊の討伐は何度もしたことがあるはずだ。

けれど今回倒したのは自分のかつての同僚であり、自分のことを誰よりも恨んでいるツルスムスという『七師』だった。

「もしかするとウルスムスが魔導師としての戦いにこだわっていたのもあるのかもしれませんね」

そう言ってエルルは口を軽くタオルで拭う。

彼女が持つお手拭きには、わずかに朱が移っていた。

アルノードとウルスムスが一対一のタイマンで戦えば、まず間違いなくアルノードが負けていた。

故に彼は事前に対策をして、幾重にも対策を練ってからエンヴィーたちと共に戦うことを選んだ。

そういった戦法を取ったことを、卑怯だと思い悩んでいたりしている部分もあるのかもしれない。

「そんなこと、気にしなくていいのに」

「そうネ！　別に卑怯な手は取ってなくとも存在そのものがゲスの極みのあの男に、斟酌なんかする必要ないヨ！」

マリアベルの言葉に、酔っ払いはじめろれつが怪しくなってきたライライが追従する。

エルルやエンヴィーたちも、まったくの同意見だった。

アルノードのその優しさは美点でもあるが、同時に短所でもある。

けれどそんな彼の在り方もまた、どうしようもないほどにエルルたちを魅了していた。

皆の意志は固まった。

果汁を凍らせたデザートを食べ終え、目配せをして頷き合う。

「よし、それなら……私たちで、隊長を元気にしましょう！」

「「「おーっ!!」」」

こうして彼女たちの『アルノード活性化大作戦』が幕を上げるのだった――。


「ふぅぅ……」

集中力が切れた俺は、顔を上げて窓の外を眺める。

見れば既に朝になっており、太陽が昇っていた。

また今日も、朝まで魔道具造りをしてしまっていた。

現在行っているのは、あの鎧型『収納袋』の改良だ。

あれを火魔法に対して以外にも使うことができるようになれば、相手が放ってきたどんな攻撃であっても対応することのできる理論上最強の防具を作ることができるようになる。

今はとりあえず水・風・土に対して同じ効果を発揮できる鎧を作っているところだ。

正直言えば、この作業自体はシュウに丸投げすることもできる。

だが俺は全て自分の手で作っていた。

なんということはない、何も考えたくないから、ただ魔道具造りに没頭しているというだけだ。

ある種の逃避というやつで、つまり俺はまだウルスムスとの戦いでのしこりが取れていないというわけだ。

立ち上がると少しだけめまいがして、思わずよろけてしまった。

肩もかなり凝っていて、回してみると少し動かしただけで痛みを発した。

首もバキバキになっていて、ゆっくりと横に曲げるとそれだけで血流が良くなり、少しだけ気分が良くなってくる。

「エクストラヒール」

回復魔法を使って身体の不調を整えると、ずいぶんと楽になった。

今日一日は、特に予定はない。

というかここ最近は鎧の納入も終わったため、時間的にはずいぶんと余裕がある。

することがないから魔道具造りに、全てを忘れて没頭する。

酒を飲んで一日を潰すより、よほど健全な方法だと思う。

「とりあえず……寝るか……」

「隊長、居ますか？」

コンコンと控えめなノックの音。

ドアを開けて入ってきたのは、私服姿のエンヴィーだった。

髪色に合わせた、水玉模様をした青色のパジャマを着ている。

その手にはお盆を持っており、その上には湯気を吐き出すカップが二つほど載せられていた。

「光が漏れてましたよ、また今日も徹夜したんですか？」

「ん、まぁな……」

しぱしぱとする目を擦っていると、ふわりとした感触に包み込まれる。

見ればいつの間にか近付いてきていたエンヴィーが、俺のことを抱きしめていた。

「隊長、働きすぎですよ。ですから今から私と一緒に、ゆっくりしましょう」

「あ、ああ……というか、抱きしめられてて恥ずかしいんだが……」

「逃避のために徹夜するような子供には、大人の女性の優しい抱擁が必要なんですよ」

うぐ……たしかに今の俺は、夜更かしをねだる子供と大して変わらないかもしれない。

図星をつかれたせいか、反抗する気力はおきなかった。

たしかに……クランメンバーに心配をかけているようじゃ駄目だよな。

「あれはなんなんだ？」

「ハーブティーですよ。あれを飲んでリラックスしてから、一緒にお昼寝しましょう」

「うん……そうだな。ここは素直に、お言葉に甘えさせてもらおう」

ハーブティーを飲んで身体の芯を温めて、そのままベッドに入る。

するとさも当然といった様子で、エンヴィーも一緒に入ってこようとした。

「ダメ……ですか？」

上目遣いでそう頼まれては、睡眠不足で色々と頭が回っていない俺に断れるはずもない。

俺は布団の中に潜ってきたエンヴィーと一緒に、昼過ぎまで眠るのだった――。


「ふわあぁ……久しぶりに熟睡した気がする」

目を覚ますと、既に時刻は午後を回っていた。

ずいぶんと身体も楽になっていて、これなら残りの半日をすっきりとした状態で過ごせそうだ。

「しっかり睡眠を取ったら、次は食事です！」

起きた時には既にエンヴィーはおらず、代わりにちょこんとセリアが座っていた。

そしてテーブルの上には、なぜかパンと肉料理が並べられている。

店で見るものと比べるとずいぶんと不器用で、肉料理なんかところどころ骨が残っている。

これって、もしかして……。

「あんまり得意ではないですけど、丹精込めて作ってみました！」

まさかのセリアの手料理だった。

一口食べてみる。

……うん、見た目は悪いが味は普通に美味しい。

それに普段は料理なんかしたくないと外食ばかりしているセリアがわざわざ俺のために作ってくれたという補正も込みで、食事がするすると喉を通っていく。

気がつけば用意されていた分は、あっという間に平らげてしまっていた。

「ほっ、よかったです……最近隊長、食欲もないみたいでしたから」

セリアがこんなことをしてくれたのも、俺のことを思ってのことらしい。

リーダー思いの部下を持てて、俺は幸せ者だな。

俺とセリアがのんびりお茶を飲んでいると……ドガンッ！

大きな音を立てて、ドアが突然開いた。

そこから現れたのは……

「ひひいいいいいいんっっ!!」

「……馬？」

「食事の後は運動っ！　隊長、私と一緒に乗馬としゃれ込もうじゃないか！」

ドアを蹴飛ばして中に入ってきた馬と、それに乗るマリアベルだった。

彼女に言われるがままに家を出て、そのまま外につながれていた馬へ乗る。

乗馬なんかずいぶん久しぶりだな……果たして大丈夫だろうか。

ちょっと不安になりながら鞍を蹴ると、馬はそのまま走り出した。

マリアベルが素直な馬を選んでくれたらしく、大して乗馬が上手くもない俺でもしっかりと馬を動かすことができた。

一度馬を下りてから王都の外へ出て行き、街道を駆けていくことにした。

「楽しいな、隊長！」

「ああっ！」

少し駆けるだけのつもりが気付けば遠乗りになっており、帰ってくる時には既に日が落ちかけていた。

普段使っていない筋肉が悲鳴を上げており、慣れない動きをしたせいで身体がくたくただ。けれど運動による疲れなので、どこか心地いい。回復魔法は使わずに、自然回復に任せることにした。

家に戻るとそこには、料理を持ったウェイトレスと酒樽を持ったライライがやってきていた。

「隊長、久しぶりに一緒に飲むネ！」

「飲み比べはしないからな」

「アハハ、隊長酒よわよわだからネ！」

酒に合う濃い味付けの料理を食べながら、酒をちびちびと舐めるように飲んでいく。

俺が一杯飲み終える頃には、ライライは樽を半分ほど飲み干していた。

相変わらずものすごいザルっぷりだ。

「嫌なことがあった時、悲しいことがあった時、どうにも割り切れない時……そういうものを解決してくれるのはお酒ネ！　お酒を飲むと時間が経って、時間が経つと大抵のことはどうでもよくなるものヨ！」

ぱしぱしと肩を叩きながら笑うライライ。

ものすごく酒臭いので、彼女の吐息を嗅いだだけで酔ってしまいそうだった。

酒を飲む相手を探していただけなのかと思ったが、どうやら彼女なりに俺のことを慰めようと考えてやってくれているらしい。

その心意気をありがたく思い、合わせて三杯ほどワインを飲んだところで俺の許容量の限界が来た。

「あははっ、それじゃあね、タイチョ！」

ライライは樽を二つ分飲みきってから、夜の王都へと出掛けていった。

あ、あいつはパワフルだな……。

俺はさっさと寝ることにしよう。


きちんと眠って、食事をして、運動してから酒を飲む。

そんな健康で文化的な一日を送ったからか、睡魔はすぐにやってきた。

瞼（まぶた）が重たくなり、そのまま眠ろうとしたところで……控えめなノックの音が聞こえてくる。

「……誰、だ？」

眠気から立ち上がれなくなりながらなんとか誰何（すいか）をするが、なぜか声は聞こえてこなかった。

気力探知をしてみると、やってきたのはエルルのようだ。

こんな夜更けに一体どうしたんだ……そう尋ねようと思い布団から顔を上げて、俺は言葉を失った。

（な……なんて格好をしてるんだっ!?）

先ほどまで感じていたはずの眠気が、一瞬で吹き込んだ。

血が上がってくるのを感じながら、目の前のエルルを見つめる。

彼女の姿は……ボディラインが全て丸見えになっているほどにスケスケな、黒のネグリジェだった。

おまけに上半身は肩のあたりで、下半身はモモのあたりでぱっつりと裁断されていて、黒い紐でつなげられた隙間からは彼女のきめ細かな地肌が見える。

というか……下着もつけてないのか!?

「エ、エルル……?」

「たーいちょっ」

胸元のボタンも外されていて、近付かれると谷間が見える。

というか谷間どころか中にある胸が完全に丸見えに……っ！

「どうかしましたかぁ？」

「い、いや、なんでも……」

いつもより甘ったるい口調のエルルが、布団を剥いで俺の上に馬乗りになる。

太ももが密着して、やわらかい感触に背筋がぞくりとした。

何かを言いたいのだが、口から上手く言葉が出てこなかった。

軍務に服していた頃は、皆のことをなるべく異性として見ないよう心がけていた。

けれど今はもう軍属ではなく、自由気ままな冒険者だ。

『辺境サンゴ』のメンバー同士、そういった関係になることはなんらおかしくはない……。と、そこまで考えたところで、限界が来た。

ここ最近続いていた寝不足と抱えていたモヤモヤ、そしてそれを一気に解消するかのような激動の一日。

もしかして……とそう思ううちに、俺は完全に意識を手放し、眠りの世界に落ちていった……。

「ん……」

鳥の鳴き声を目覚ましにして、意識を覚醒させる。

二の腕のあたりに感じるのは、温かくて柔らかい人肌の感触だ。

見ればエルルが俺の右腕を枕代わりにして、むにゃむにゃと眠っていた。

昨晩より距離が近いせいで色々と見えて……というかほとんど全部丸見えだ。

意識を総動員してなんとか視線を顔に固定させてから、彼女の髪を優しく撫でる。

酒が抜けて考えてみれば、昨日一日の流れはあまりにも自然すぎた。

俺はまるで誰かが事前に整えてくれたかのような完璧なスケジュールで、気付けば楽しい一日を過ごせていたのだ。

ため込んでいた疲れやストレスも、見事に吹っ飛んでいる。

昨日まで思い悩んでいたのが嘘であったかのように、晴れ晴れとした気分だ。

俺は昨日の一日の仕掛け人であろう女の子の髪を、もう一度撫でた。

「お前がやってくれたんだろ……エルル」

　エルルはいつも俺のことを考えてくれている。

　恐らく彼女がエンヴィーたちを動かして、俺が楽しめるように色々と手を回してくれたのだろう。

　俺は本当に……周りに助けられてばかりだ。

（もっとちゃんとしなくちゃな……よし、今日からはまた、みんなの良き隊長であるように頑張るか！）

　ベッドから起き上がり、頬を叩いて気合いを入れる。

　ここ最近感じていたはずのわだかまりは、気付けば綺麗さっぱり消え失せていた——。

# あとがき

初めましての方は初めましてて、そうでない方はお久しぶりです。

しんこせいと申す者でございます。

つい先日、別出版社の編集さんと話をしていた時のことです。

「そういえばしんこさんのデビュー作ってなんでしたっけ？」

「あ、『ゴブリンの勇者』です」

という話をしました。

僕の出版デビュー作はドラゴンノベルスさんの『ゴブリンの勇者』と言いまして（もう五年も前になるんですね……）、簡単に言うとゴブリンが死にかけの勇者を殺してその強さを手に入れるという話です。

デビュー作には、良くも悪くも作家性が出ると聞きます。

だとすると僕の作家性はどこにあるのだろうと思い、読み返してみました。

……いやぁ、自分のことながら、よくこれでデビューできましたね。

無駄に難しい言葉を使いすぎですし、そもそも主人公が転生してないガチゴブリンとか……今の自分だと間違いなくブレーキがかかると思います。

けれどたしかに僕の作家性……というか当時やりたかったことが詰まってました。

自分の芯みたいなものは、案外ブレてないものですね。

また五年後に読み返した時も、同じ感想を持つことを祈るばかりです。

さて、『宮廷魔導師』の第二巻、お楽しみいただけたでしょうか？

今回のアルノードはとうとう元同僚である『七師』と対決します。

リンブルの人間として生きていくことを決めたアルノードたちの雄姿を、ご覧いただけると幸いです。

そして新たにサクラも加入して、ますます賑やかになっていく『辺境サンゴ』、デザントの良心ことプルエラも登場する盛りだくさんの内容になっておりますので、書いている時も楽しかったです！

最後に謝辞を。

『小説家になろう』にて今作を見出してくださった編集S様、ありがとうございます。焼き肉美味しかったです、新作、出せるように頑張りますね。

今巻からお世話になっている編集O様、ありがとうございます。きめ細やかなご配慮に助けられております。どうかご自愛ください。

イラストレーターのろこ様、美麗なイラストをいつもありがとうございます。キャラが多くてすみません……今作がこうして続刊できているのはろこ様のおかげといっても過言ではございません。

引き続きよろしくお願い致します。

そして何より、こうしてこの本を手に取ってくれているあなたに最大の感謝を。

あなたの心に何かを残すことができたのなら、作者としてこれに勝る喜びはございません。

それではまた、三巻でお会いしましょう。

作品のご感想、
ファンレターを
お待ちしています

あて先

〒141-0031　東京都品川区西五反田 8-1-5 五反田光和ビル4階
ライトノベル編集部
「しんこせい」先生係／「ろこ」先生係

## スマホ、PCからWEBアンケートにご協力ください

アンケートにご協力いただいた方には、下記スペシャルコンテンツをプレゼントします。
★本書イラストの「無料壁紙」　★毎月10名様に抽選で「図書カード（1000円分）」

公式HPもしくは左記の二次元バーコードまたはURLよりアクセスしてください。
▶ **https://over-lap.co.jp/824006868**
※スマートフォンとPCからのアクセスにのみ対応しております。
※サイトへのアクセスや登録時に発生する通信費等はご負担ください。

オーバーラップノベルス公式HP ▶ **https://over-lap.co.jp/lnv/**

# 宮廷魔導師、追放される 2

～無能だと追い出された最巧の魔導師は、部下を引き連れて冒険者クランを始めるようです～


発行　2023年12月25日　初版第一刷発行

著者　しんこせい

イラスト　ろこ

発行者　永田勝治

発行所　株式会社オーバーラップ
〒141-0031　東京都品川区西五反田8-1-5

校正・DTP　株式会社鷗来堂

印刷・製本　大日本印刷株式会社



©2023 Shinkosei



Printed in Japan
ISBN 978-4-8240-0686-8 C0093



※本書の内容を無断で複製・複写・放送・データ配信などをすることは、固くお断り致します。
※乱丁本・落丁本はお取り替え致します。左記カスタマーサポートセンターまでご連絡ください。
※定価はカバーに表示してあります。



【オーバーラップ　カスタマーサポート】
電話　03-6219-0850
受付時間　10時～18時（土日祝日をのぞく）